Lazarillo de Tormes

❀

Anónimo

Editores Mexicanos Unidos, S. A.

Grandes de la
Literatura

D. R. © Editores Mexicanos Unidos, S. A.
Luis González Obregón 5, Col. Centro.
Cuauhtémoc, 06020, Ciudad de México
Tels. 55 21 88 70 al 74
Fax: 55 12 85 16
editmusa@prodigy.net.mx
www.editoresmexicanosunidos.com

Coordinación editorial y diseño de portada: Mabel Laclau Miró
Portada, formación y corrección: Equipo de producción de
Editores Mexicanos Unidos, S. A.

Miembro de la Cámara Nacional
de la Industria Editorial. Reg. Núm. 115.

Edición 2017

ISBN (título)   978-607-14-1112-9
ISBN (colección)   978-968-15-1294-1

ISBN 978-607-14-1112-9

Impreso en México
Printed in Mexico

9 786071 411129

Índice

✿

Nota preliminar

❀

Momento histórico

A principios del siglo XVI, España se levantó como potencia hegemónica y trató de someter y unificar a Europa bajo el imperio de Carlos I (que gobernó desde 1516 hasta 1555, es decir, hasta dos años antes de su muerte), quien con la ayuda de la Iglesia, los banqueros españoles y alemanes y la aristocracia terrateniente, se hizo coronar también como Carlos V de Alemania.

Fue la época del Renacimiento, es decir, cuando se rescataron los valores culturales de la antigüedad grecorromana, en que todo se centraba en el hombre, a diferencia de lo que sucedía en la Edad Media, que era teocéntrica. Así se extendió una visión humanista por toda Europa. España apoyó su optimismo y su confianza en los grandes viajes y descubrimientos, en el desarrollo de la imprenta, en el apogeo de las universidades y en el aumento de la riqueza derivado de la nueva clase social: la burguesía, que fue tomando las riendas económicas. El rescate de la cultura clásica y la diversidad de ideas y de tendencias artísticas, dieron origen al Siglo de Oro español.

El holandés Erasmo de Rotterdam fue el propiciador de una inquietud intelectual que Lutero, a través de la lucha religiosa, arrastró al terreno político, afectando toda clase de intereses sociales y económicos. Cuando surgió la reforma protestante, Carlos I, respaldado por el oro de América, envolvió a España en guerras religiosas, y dejó al país sumido en una desastrosa situación financiera a raíz de los enormes gastos ocasionados por su elección y sus campañas belicosas; obligó a pagar muchos impuestos a la ya de por sí muy empobrecida población; entabló una estrecha alianza con la aristocracia latifundista y la Iglesia, y la corrupción caracterizó a los hombres de su gobierno.

El optimismo renacentista, por tanto, solo afectó a una minoría intelectualizada y España conservó en esta etapa de su desarrollo histórico un pensamiento medieval. Esa fijación en lo medieval convenía al gobierno y a la Iglesia, pues Carlos I quería consolidar a la nación española por medio de las armas y la Iglesia deseaba conservar en España un baluarte del catolicismo, tan atacado en ese momento. Todo esto tenía, indudablemente, un importante trasfondo económico y no podían permitir que las nuevas ideas operaran en contra.

Pero la fragmentación religiosa y el individualismo político, propios del Renacimiento, fueron avanzando, y demostraron al emperador la inviabilidad de una España imperial y católica. Carlos I abdicó y se retiró a Yuste. La cumbre imperialista fue alcanzada con Felipe II. Con mano aún más férrea que su antecesor, dejó a España agotada, aferrada a su esquema medieval, condenada al desprecio por el resto del mundo y abrazada a un ideal ascético-estoico. El arte y la literatura reflejaron este particular momento de su historia y oscilaron entre la exaltación ilusionada de un Quijote —la influencia renacentista— y el pesimismo de un Sancho —la realidad española.[1]

---

[1]   Mauro Armiño, *Qué es verdaderamente el Siglo de Oro*, Doncel, Madrid, 1973.

Surge el Lazarillo de Tormes

El *Lazarillo de Tormes* se publicó en la época de la España imperial. Según los estudiosos, debió escribirse entre 1524 y 1553, cuando apenas se habían sofocado en sangre las luchas sociales internas y el levantamiento de los "comuneros" en Toledo, Segovia y Salamanca.

El *Lazarillo* fue un libro singular, pues mientras en las novelas de caballerías, tan en boga en la época, se hablaba de héroes, y en las novelas pastoriles se idealizaba a la naturaleza, en el *Lazarillo de Tormes* el personaje es un antihéroe que se mueve entre la miseria y la basura de las ciudades. Por estas razones sería la primera novela moderna, por su realismo sin contemplaciones. A este estilo de novelar se le llamó *picaresca*.

En la novela picaresca el protagonista, de origen humilde, cuenta su propia historia, desde el pesimismo. El pícaro puede progresar en lo económico, pero no moralmente, y en su desencanto hace una constante crítica social, que en el caso del *Lazarillo* se dirige especialmente contra los clérigos y nobles.

Pero debemos anotar que Lázaro no conserva rencor por sus amos y goza con sus pequeñas alegrías. La gran humanidad de Lázaro le eleva así de toda su miseria y conserva una cierta libertad interior para manejar su destino. Progresa, en algún sentido, socialmente, aunque moralmente parece retroceder en la medida que mejora su posición económica.

Finalmente se casa con una mujer de la misma condición que su madre, con lo que nos muestra el determinismo psicológico al que están sometidas las distintas clases sociales. Cuando Lázaro asciende, su escala de valores parece descender.

La obra, el autor, la realidad del hombre

El *Lazarillo de Tormes* consta de siete tratados o capítulos, que se agrupan en dos partes perfectamente delimitadas: los primeros tres tratados tienen como tema central el hambre, mientras que en el resto, el personaje se limita a contar brevemente las aventuras que corre con sus amos. No debemos dejar de anotar que, en el tratado cinco, Lázaro es más testigo que protagonista.

En la primera parte retrata con singular maestría las distintas clases sociales: el ciego del primer tratado representa a la plebe; el cura de Maqueda del tratado segundo simboliza al clero; y en el tratado tercero, la nobleza aparece encarnada en el escudero. A medida que Lázaro cambia de amo, el hambre se intensifica: cuanto más alta es la posición social de su amo, más hambre sufre el muchacho. Parodiando los ampulosos relatos de la época y dando al contenido su correspondiente forma, Lázaro nos muestra la mezquindad humana a través del ciego, la avaricia a través del cura de Maqueda, y el absurdo sentido del honor en la nobleza, con el escudero. En la segunda parte, pasarán a primer plano las burlas y falsedades del vendedor de bulas y del alguacil.

Mucho se ha hablado del posible autor de la obra y de si era o no un intelectual conocido. Nada nuevo ha emergido de las investigaciones. Nos inclinamos a pensar, con Américo Castro,[2] que "el autobiografismo del Lazarillo es solidario de su anonimato". Creemos también que el que escribe es alguien que conoció las angustias del hambre y de la miseria, el sufrimiento por la avaricia, la ignorancia y los prejuicios propios y de los demás. No creemos que —como señalan algunos analistas— el hambre del Lazarillo

---

[2] Américo Castro, *Hacia Cervantes,* Taurus, Madrid, 1960.

sea "un hambre literaria" y que "la hipérbole preside el tratamiento del tema", o sea que, según estos estudiosos, el autor se vale de este tema, exagerándolo, para resaltar la comicidad de las escenas. Creemos simplemente que dicha "hipérbole" no es más que la *realidad del hambre.*

Esto es muy importante para sacar conclusiones respecto del autor, quien se propuso escribir "en este grosero estilo", como anuncia en su prólogo, y provocó una ruptura con la ampulosa forma epopéyica, para mostrarnos —en un estilo acorde con la realidad que pinta—, el patio trasero de aquel imperio, donde la injusticia, la crueldad, el egoísmo y la amargura hacían presa fácil al humilde. Para ello escoge el lenguaje popular, sin artificios temáticos ni retóricos, y cuando utiliza estos, es en función de satirizar el estilo erudito. Tal vez este especial manejo del lenguaje y del tema de la pobreza se deba a que el autor fue un intelectual consciente de que había que volcar la mirada hacia otros contornos menos observados por la literatura; tal vez porque la obra es una autobiografía de principio a fin y quizá porque esa autobiografía fue solamente retocada por el amigo del arcipreste, el Vuestra Merced que refiere Lázaro y quien le pidió que escribiera. No obstante, las famosas citas a Plinio y a Tulio nos muestran a un escritor conocedor de variados temas.

La historia de un marginado

"Me pareció mejor no tomarle por en medio (el relato de su historia) sino por el principio, porque se tenga entera noticia de mi persona", dice Lázaro en el prólogo y con ello insinúa la intención de mostrar al mundo de su tiempo, en que abundaban los relatos heroicos, la vida de los seres desconocidos y opacos, para que "vean que vive un hombre con tantos infortunios, peligros y adversidades".

La gran sátira está en el trasfondo de la novela: el hambre y la miseria se convierten en un enemigo más atroz para los pobres que el adversario más temible para los caballeros en los campos de batalla. La figura de Lázaro se opone drásticamente a los admirados personajes de su época, aquellos valientes hidalgos que emprendían honrosas cruzadas por su patria y su religión. La historia de Lázaro es la historia de un marginado, y en ese sentido su protagonista se convierte en un antihéroe.

Dada su condición social, no puede Lázaro hacer otra cosa en sus últimos días que aceptar un modesto empleo público y casarse con una manceba, muy distinta en todo a la gran dama que aguarda a su héroe encerrada en su castillo. No es ni siquiera una humilde dama pura, sino que su honor y fidelidad están en tela de juicio, por su equívoca relación con el arcipreste, ese mismo arcipreste que lo ayuda a consolidar su nueva posición.

Lázaro asciende a golpes, sin perder su esencial libertad interior que lo lleva a comprender las miserias del mundo sin amargura y a condolerse más de sus avaros o desgraciados amos que de sí mismo. Durante su soltería, Lázaro refleja cierto grado de estoicismo al que llega una clase social que no tiene nada que perder, ni dinero (el cual acumula el clero) ni honor (ese del que tanto se enorgullece la nobleza). Pero luego de conseguir al fin un empleo respetable y de su matrimonio, la escala de valores de Lázaro se modifica. No puede permitir que nada haga tambalear su nueva situación, por lo que trata de ignorar los comentarios que sobre la honorabilidad de su mujer y del arcipreste hacen sus amigos. Aparece entonces, sutilmente sugerida, la idea del determinismo psicológico al que queda sometida una persona, según su posición económica.

La crítica social

A cuatro siglos de su aparición, el *Lazarillo* sigue vigente. Muchas imitaciones surgieron después, pero ninguna con el realismo que el original mantiene vivo hasta el fin.

Se ha dicho que una crítica mal intencionada trató desde el primer momento de identificar a la novela picaresca con la realidad de España y que nada habría más equivocado, pues la novela picaresca muestra la realidad a través de los ojos del pícaro, es decir, condicionada a su peculiar manera de ser. Sin embargo, creemos que el Lazarillo sí refleja parte de la vida española, puesto que se ubica claramente en el tiempo y en el espacio: las acciones están enmarcadas por importantes hechos históricos, como la batalla de Gelves mencionada al principio, y la entrada del emperador en Toledo hacia el final; y el itinerario de Lázaro es muy exacto: Tejares, Salamanca, Almorox, Escalona, Maqueda y Toledo. Por cierto, en la plaza de Escalona aún existen los saledizos que forman los soportales, siendo el más grueso de ellos, indudablemente, donde el autor imaginó el golpe del ciego.

Adjudicaciones del *Lazarillo de Tormes* a diversos autores

En 1605, Fray José de Sigüenza concluyó que el autor había sido fray Juan de Ortega, general de la Orden de San Jerónimo, por haber encontrado en su celda un manuscrito de la obra, según dijo.

Morel Fatio, Charles Ph. Wagner y Manuel Asensio suponen que el autor pudo haber sido Juan de Valdés o alguno de su grupo, caracterizado por su inquietud religiosa y espiritual.

Para Cejador y Franca, debe haber sido Sebastián de Horozco, toledano, muerto en 1578.

La adjudicación que tuvo más adeptos fue la que se hizo a Diego Hurtado de Mendoza (1503-1575), aristócrata y humanista, autor de *La guerra de Granada,* así que el *Lazarillo de Tormes* se editó durante siglos con el nombre de este autor.

Ediciones

1554. Aparecen tres ediciones del *Lazarillo de Tormes:* dos en España (en Burgos, por Juan de Junta, y en Alcalá, por Salceda). La de Alcalá dice en su portada: "Nuevamente impresa, corregida y de nuevo añadida en esta segunda edición".

1559. El *Lazarillo* pasa al *Índex* por orden del inquisidor general Fernando de Valdés. No se conocen los motivos, pues ni la sátira anticlerical, tan común por ese entonces, ni la amoralidad del tratado séptimo parecen justificar tal medida. El *Lazarillo,* entonces, editado en el extranjero, se sigue leyendo en España.

1573. Vuelve a aparecer el *Lazarillo* expurgado por Juan López de Velazco, sin los tratados cuarto ni quinto y los otros censurados. Esta vez va acompañado por poesías de Cristóbal de Castillejo, que también han sido mutiladas, y por la *Propalladia* de Bartolomé Torres Naharro. Esta edición es conocida como la del *Lazarillo castigado.*

1834. Vuelve a aparecer el *Lazarillo* completo en Barcelona. Durante los tres siglos anteriores se editó sin cortes y en su lengua original en Milán, Amberes, Roma, Lisboa y París.

1886. A. Morel Fatio lo edita en francés.

1900. Aparece en Barcelona una edición crítica con el *Lazarillo* completo.

Durante el siglo xx, el *Lazarillo de Tormes* se tradujo a casi todas las lenguas.

Sobre la presente edición

En la edición que ahora ponemos a disposición del lector, se ha modernizado el lenguaje solo lo indispensable para mejorar la comprensión y facilitar el disfrute de una obra que ha atravesado ya varios siglos. Los cambios obedecen a la natural evolución del español, que, como todo lenguaje, cambia continuamente, y lo que ayer era del todo aceptable y entendible, hoy no lo es, como no será comprensible para el hispanohablante del futuro el español de la calle que se usa en la actualidad.

Por otra parte, las aclaraciones de tipo histórico, social y lingüístico van a pie de página y los añadidos en expresiones coloquiales del siglo xvi se hacen entre corchetes. Ejemplo de esto último es el siguiente fragmento: "[...] siempre traía pan, pedazos de carne, y en el invierno leños, [gracias] a [los] que nos calentábamos". Como se ve, los añadidos, sin alterar de modo significativo el estilo del original, contribuyen enormemente a hacer una lectura fluida del *Lazarillo*.

Por último, debemos mencionar que esta obra está enriquecida con los seis fragmentos que se integraron al *Lazarillo* en la edición de Alcalá. Dichas partes, algunas de gran extensión, las hemos puesto al final del tratado en el que aparecieron, para no entorpecer la lectura, pero a la mano de quienes, por curiosidad, deseen consultarlas. Hay que dejar en claro que no son producto de la pluma del autor original, puesto que chocan con su estilo. Por momentos, en esas interpolaciones se nota que se intentó suavizar la crítica social. En la que se integró al final del Tratado quinto, es evidente que se pretendía atenuar el tono anticlerical de la obra. Hubo quienes supusieron que tales interpolaciones correspondían al borrador del *Lazarillo,* pero esta opinión, por lo que acabamos de afirmar, no nos resulta convincente.

No nos queda más que desear al lector que se adentre con buen ánimo en las peripecias de un pícaro que, con gran candidez, mucho nos enseña de valores humanos hablándonos de antivalores y antihéroes.

PRÓLOGO

❋

Yo por bien tengo que cosas tan señaladas, y por ventura nunca oídas ni vistas, vengan a noticia de muchos, y no se entierren en la sepultura del olvido, pues pudiera ser que alguno que las lea halle algo que le agrade, y a los que no ahondaren tanto, los deleite; y a este propósito dice Plinio[3] que no hay libro, por malo que sea, que no tenga alguna cosa buena, mayormente que los gustos no son todos uno, y lo que uno no come, otro se pierde por ello. Y así vemos cosas tenidas en poco de algunos, que de otros no lo son.

Y esto implica que ninguna cosa se debería romper, ni echar a mal —solo si muy detestable fuese—, sino comunicarse a todos, mayormente siendo sin perjuicio y pudiendo sacar de ella algún fruto; porque si así no fuese, muy pocos escribirían para uno solo, pues no se hace sin trabajo; y quieren, ya que lo pasan, ser recompensados, no con dinero, mas con que vean y lean sus obras y, si hay de qué, se las alaben; ya este propósito dice Tulio:[4] "La honra cría las artes".

¿Quién piensa que el soldado que es [el] primero de la escala tiene más aborrecido el vivir? No por cierto; mas el deseo de alabanza le hace ponerse al peligro, y así en las artes y letras es lo mismo. Predica muy bien el presentado y es hombre que desea mucho el provecho de las ánimas; mas pregunten a su merced si le pesa

---

[3] El nombre completo de Plinio el Viejo fue Cayo Plinio Cecilio Segundo. Fue un sabio y militar romano nacido en el año 23 y muerto en el 79 de nuestra era.

[4] Marco Tulio Cicerón fue un sabio romano que nació en Arpino en el 106 antes de Cristo y murió en la población de Formia en el 43 a. C. Sobresalió por su estilo como escritor de prosa latina.

cuando le dicen: "¡Oh, qué maravillosamente lo ha hecho Vuestra Reverencia!" Justó[5] muy ruinmente el señor don Fulano, y dio el sayete[6] de armas al truhán, porque lo loaba de haber llevado muy buenas lanzas: ¿qué hiciera si fuera verdad?

Y todo va de esta manera: que confesando yo no ser más santo que mis vecinos, de esta nonada que en este grosero estilo escribo, no me pesará que hayan parte y se huelguen con ello todos los que en ella algún gusto hallaren, y vean que vive un hombre con tantas fortunas, peligros y adversidades. Suplico a Vuestra Merced[7] reciba el pobre servicio de mano de quien lo hiciera más rico, si su poder y deseo se conforman.

Y pues Vuestra Merced escribe se le escriba y relate el caso[8] muy por extenso, me pareció no tomarle por el medio, sino del principio, porque se tenga entera noticia de mi persona, y también porque consideren los que heredaron nobles Estados cuán poco se les debe, pues fortuna fue con ellos parcial; y cuánto más hicieron los que siéndoles contraria, con fuerza y maña remando salieron a buen puerto.

---

5   Participó en una "justa", es decir, en un combate caballeresco.
6   Diminutivo de "sayo": especie de jubón, es decir, prenda que cubría estrechamente desde los hombros hasta la cintura y que llevaban los caballeros debajo de la armadura.
7   "Vuestra merced", supuesta persona a la que se dirige la autobiografía de Lázaro.
8   Aquí Lázaro se refiere a la relación entre su mujer y el arcipreste de San Salvador.

Lazarillo de Tormes

TRATADO PRIMERO

❁

Cuenta Lázaro su vida y de quién fue hijo.
Asiento de Lázaro con un ciego.

Pues sepa Vuestra Merced, ante todas [las] cosas, que a mí me llaman Lázaro de Tormes, hijo de Tomé González y de Antoña Pérez, naturales de Tejares, aldea de Salamanca. Mi nacimiento fue dentro del río Tormes, por la cual causa tomé el sobrenombre, y fue de esta manera: mi padre, que Dios perdone, tenía a su cargo proveer una molienda de una aceña,[9] que está [en la] ribera de aquel río, en la cual fue molinero más de quince años; y estando mi madre una noche en la aceña, preñada de mí, la tomó el parto y me parió allí; de manera que, con verdad, me puedo decir nacido en el río.

Pues siendo yo niño de ocho años, achacaron a mi padre ciertas sangrías[10] mal hechas en los costales de los que allí a moler venían, por lo cual fue preso, y confesó, y no negó, y padeció persecución por justicia. Espero en Dios, que está en la gloria; pues el Evangelio los llama bienaventurados.[11] En este tiempo se hizo cierta armada[12] contra moros, entre los cuales fue mi padre, que a la sazón estaba desterrado por el desastre ya dicho, con cargo de acemilero de un

---

[9] Molino harinero de agua, situado en el cauce de un río.

[10] Metafóricamente, hurto de cierta cantidad de harina depositada en los sacos.

[11] Se trata de una de las bienaventuranzas del Sermón de la montaña, *Evangelio de San Mateo*, v, 1-48, donde se llama bienaventurados a los "perseguidos por justicia", es decir, por ser justos; no a los *perseguidos por la justicia*, o sea, por violar la ley, como es el caso del padre de Lázaro, pero este hace referencia a la bienaventuranza a su conveniencia.

[12] Se reclutó gente para una guerra naval.

caballero que allá fue; y con su señor, como leal criado, feneció su vida.

Mi viuda madre, como sin marido y sin abrigo se viese, determinó arrimarse a los buenos, por ser uno de ellos,[13] y se vino a vivir a la ciudad y alquiló una casilla, y se metió a guisar de comer a ciertos estudiantes, y lavaba la ropa a ciertos mozos de caballos del comendador[14] de la Magdalena.

De manera que, frecuentando las caballerizas, ella y un hombre moreno de aquellos que las bestias cuidaban, vinieron en conocimiento.[15] Este, algunas veces, se venía a nuestra casa y se iba a la mañana; otras veces, de día, llegaba a la puerta, en achaque de[16] comprar huevos, y entraba en casa. Yo, al principio de su entrada, pesábame con él y habíale miedo, viéndole el color y mal gesto que tenía; mas desde que vi que con su venida mejoraba el comer, le fui queriendo bien, porque siempre traía pan, pedazos de carne, y en el invierno leños, [gracias] a [los] que nos calentábamos.

De manera que, continuando la posada y conversación, mi madre vino a darme de él un negrito muy bonito, el cual yo brincaba y ayudaba a calentar. Y me acuerdo que estando el negro de mi padrastro trebejando[17] con el mozuelo, como el niño veía a mi madre y a mí blancos, y a él no, huía de él con miedo hacia mi madre, y señalando con el dedo decía:

—¡Mamá, coco!

Y él respondió riendo:

---

13 Refrán.

14 Quien disfrutaba de alguna encomienda, o renta semieclesiástica, por pertenecer a alguna orden militar o de caballería.

15 Es decir, tuvieron relaciones amorosas estrechas.

16 Con el pretexto de.

17 Jugando. *Trebejando* se tomó de *trebejo,* juguete.

—¡Oh, hideputa[18] ruin!

Yo, aunque bien muchacho, noté aquella palabra de mi hermanico, y dije entre mí: "¡Cuántos debe de haber en el mundo que huyen de otros porque no se ven a sí mismos!"

Quiso nuestra fortuna que la conversación[19] del Zaide,[20] que así se llamaba, llegó a oídos del mayordomo, y hecha pesquisa, hallose que hurtaba la mitad de la cebada que para las bestias le daban, y salvados, leña, almohazas,[21] mandiles y las mantas, y las sábanas de los caballos hacía perdidas, y cuando otra cosa no podía, las bestias desherraba, y con todo esto acudía a mi madre para criar a mi hermanico. No nos maravillemos de un clérigo, ni de un fraile, porque el uno hurta de los pobres[22] y el otro de casa para sus devotas, y para ayuda de otro tanto, cuando a un pobre esclavo el amor le animaba a esto.

Y se le probó cuanto digo, y aún más, porque a mí con amenazas me preguntaban, y como niño respondía, y descubría cuanto sabía con miedo, hasta ciertas herraduras que, por mandado de mi madre, a un herrero vendí. Al triste de mi padrastro azotaron y pringaron,[23] y a mi madre pusieron pena por justicia, sobre el acostumbrado centenario,[24] que en casa del sobredicho comendador no entrase, ni al lastimado Zaide en la suya acogiese. Por no echar

---

[18] Interjección que en aquel entonces carecía de sentido ofensivo, sobre todo, referida a los niños. El autor juega, claro está, con el sentido literal.

[19] Relación amorosa.

[20] *Zaide:* vocablo árabe equivalente a *señor.*

[21] Especie de cepillo para limpiar las caballerías.

[22] Lázaro hace referencia a los sacerdotes que se enriquecían gracias a las limosnas y a los diezmos.

[23] Echar a uno pringue (grasa) hirviendo como castigo. En muchos sitios se emplea *pringar* por *colgar.*

[24] Castigo usual en la época, consistente en cien azotes.

la soga tras el caldero,[25] la triste se esforzó y cumplió la sentencia, y por evitar peligro y quitarse de malas lenguas, se fue a servir a los que al presente vivían en el mesón de la Solana; y allí, padeciendo mil importunidades, se acabó de criar mi hermanico, hasta que supo andar. Ya yo era buen mozuelo, que iba a los huéspedes por vino y candelas y por lo demás que me mandaban.

En este tiempo vino a posar al mesón un ciego, el cual, pareciéndole que yo sería [bueno] para adiestrarle,[26] me pidió a mi madre y ella me encomendó a él, diciéndole cómo era hijo de un buen hombre, el cual, por ensalzar la fe, había muerto en la de los Gelves,[27] y que ella confiaba en Dios que no saldría peor que mi padre, y que le rogaba me tratase bien, y mirase por mí, pues era huérfano. Él respondió que así lo haría, y que me recibía no por mozo, sino por hijo. Y así, le comencé a servir y adestrar a mi nuevo y viejo amo.

Como estuvimos en Salamanca algunos días, pareciéndole a mi amo que no era la ganancia a su contento, determinó irse de allí; y cuando nos hubimos de partir yo fui a ver a mi madre, y ambos llorando, me dio su bendición, y dijo:

—Hijo, ya sé que no te veré más; procura de ser bueno, y Dios te guíe; te he criado, y con buen amo te he puesto, válete para ti.

Y así me fui para mi amo, que me estaba esperando. Salimos de Salamanca, y llegando al puente, está a la entrada de ella un animal de piedra, que casi tiene forma de toro, y el ciego me mandó que llegase cerca del animal, y allí puesto, me dijo:

---

25 *Echar la soga tras el caldero:* "Perdida una cosa, echar a perder el resto".

26 Guiarlo.

27 Alude a la isla de Gelves, en la costa africana, entre Túnez y Trípoli, donde murieron a manos de los moros unos cuatro mil españoles. La batalla de los Gelves tuvo lugar en 1510.

—Lázaro, llega el oído a este toro, y oirás gran ruido dentro de él.

Yo simplemente llegué, creyendo ser así, y como sintió que tenía la cabeza par de la piedra, afirmó recio la mano y me dio una gran calabazada[28] en el diablo del toro, que más de tres días me duró el dolor de la cornada, y me dijo:

—Necio, aprende que el mozo del ciego un punto ha de saber más que el diablo —y rió mucho la burla.

Me pareció que en aquel instante desperté de la simpleza en que como niño estaba dormido, y dije entre mí: "Verdad dice este, que me cumple avivar el ojo y avisar,[29] pues soy solo, y pensar cómo me sepa valer".

Comenzamos nuestro camino, y en muy pocos días me mostró jerigonza,[30] y como me viese de buen ingenio, holgábase mucho y decía:

—Yo oro ni plata no te lo puedo dar, mas te mostraré muchos avisos para vivir.

Y fue así que, después de Dios, este me dio la vida; y siendo ciego me alumbró y adiestró en la carrera de vivir. Huelgo de[31] contar a Vuestra Merced estas niñerías, para mostrar cuánta virtud sea saber los hombres subir siendo bajos, y cuánto vicio dejarse bajar siendo altos. Pues tornando al bueno de mi ciego y contando sus cosas, vuestra merced sepa que, desde que Dios crió el mundo, ninguno formó más astuto ni sagaz; en su oficio era un águila;

---

28 *Calabazada:* golpe que se da con la cabeza.
29 Estar sobre aviso, ser avisado.
30 Es decir, le enseñó el lenguaje vulgar empleado por los pícaros y demás gentes de mal vivir.
31 Me permito.

ciento y tantas oraciones sabía de coro;[32] un tono bajo, reposado y muy sanable, que hacía resonar la iglesia donde rezaba; un rostro humilde y devoto, que con muy buen continente ponía cuando rezaba, sin hacer gestos ni visajes con boca ni ojos, como otros suelen hacer.

Allende[33] de esto, tenía otras mil formas y maneras para sacar el dinero: decía saber oraciones para muchos y diversos efectos: para mujeres que no parían, para las que estaban de parto, para las que eran mal casadas, que sus maridos las quisiesen bien; echaba pronósticos a las preñadas, si traían hijo o hija. Pues en caso de medicina, decía, Galeno[34] no supo la mitad que él para muelas, desmayos, males de madre. Finalmente, nadie le decía padecer alguna pasión,[35] que luego no le decía: "Haced esto, haréis esto otro, coced tal yerba, tomad tal raíz".

Con esto andaba todo el mundo tras él, especialmente mujeres, que cuanto les decía creían; de estas sacaba él grandes provechos con las artes que digo y ganaba más en un mes que cien ciegos en un año. Mas también quiero que sepa Vuestra Merced que, con todo lo que adquiría y tenía, jamás tan avariento ni mezquino hombre vi, tanto, que me mataba a mí de hambre, y así no me demediaba[36] de lo necesario. Digo verdad: si con mi sutileza y buenas mañas no me supiera remediar, muchas veces me finara de hambre;

---

[32] *De coro:* de memoria, sin titubear, como los monjes en el coro.

[33] Allende: además.

[34] Importante médico griego nacido en el año 129 o 130, y muerto en el 201 d. C.

[35] *Pasión:* dolencia física.

[36] Dar la mitad de, llegar a la mitad, principalmente hablando de comida. La expresión *no me demediaba* debe entenderse como *no me daba de comer* ni *la mitad de lo necesario.*

mas con todo su saber y aviso le contaminaba[37] de tal suerte, que siempre, o las más veces, me cabía lo más y mejor.

Para esto le hacía burlas endiabladas, de las cuales contaré algunas, aunque no todas a mi salvo.[38] Él traía el pan y todas las otras cosas en un fardel[39] de lienzo que por la boca se cerraba con una argolla de hierro y su candado y llave, y al meter de todas las cosas y sacarlas, era con tanta vigilancia y tan por contadero,[40] que no bastara hombre en todo el mundo para hacerle menos una migaja; mas yo tomaba aquella laceria[41] que él me daba, la cual en menos de dos bocados era despachada.

Después que cerraba el candado y se descuidaba, pensando que yo estaba entendiendo en otras cosas, por un poco de costura, que muchas veces de un lado del fardel descosía y tornaba a coser, sangraba[42] el avariento fardel sacando, no por tasa pan, mas buenos pedazos, torreznos[43] y longaniza, y así buscaba conveniente tiempo para rehacer, no la chaza,[44] sino la endiablada falta, que el mal ciego me faltaba.

Todo lo que podía sisar y hurtar traía en medias blancas;[45] y cuando le mandaban rezar, y le daban blancas, como él carecía de vista, no había el que se la daba amagado con ella, cuando yo la

---

37 *Contaminar:* engañar.
38 Quiere decir Lázaro que no de todas salió sin daño.
39 Saco.
40 *Por contadero:* Locución con que se da a entender que el sitio o paraje por donde es preciso transitar es tan estrecho, que debe pasar uno por uno.
41 *Laceria:* de lacerar, que significaba "escasear". Lázaro se refiere a las miserias que recibía del ciego.
42 *Sangraba:* hurtaba.
43 *Torreznos:* trozos de tocino frito.
44 El engaño.
45 *Blanca:* moneda de la época, equivalente a medio maravedí, es decir, de poco valor.

tenía lanzada en la boca[46] y la media aparejada,[47] que por presto que él echaba la mano, ya iba de mi cambio aniquilada en la mitad del justo precio. Se quejaba el mal ciego, porque al tiento luego la conocía y sentía que no era blanca entera, y decía:

—¿Qué diablos es esto, que después que conmigo estás no me dan sino medias blancas, y de antes una blanca, y un maravedí hartas veces me pagaban? En ti debe de estar esta desdicha.

También él abreviaba el rezar, y la mitad de la oración no acababa, porque me tenía mandado que en yéndose el que la mandaba rezar, le tirase por cabo del capuz.[48] Yo así lo hacía. Luego él tornaba a dar voces, diciendo:

—¡Manden rezar tal y tal oración! —como suelen decir.

Usaba poner cabe sí[49] un jarrillo de vino cuando comíamos, y yo muy de presto le asía y daba un par de besos[50] callados, y lo devolvía a su lugar. Mas me duró poco, que en los tragos conocía la falta, y por reservar su vino a salvo, nunca después desamparaba el jarro, antes lo tenía por el asa asido; mas no había piedra imán que así atrajese a sí el hierro como yo el vino con una paja larga de centeno, que para aquel menester tenía hecha, la cual, metiéndola en la boca del jarro, chupando el vino, lo dejaba a buenas noches.[51] Mas como fuese el traidor tan astuto, pienso que me sintió y en adelante mudó propósito, y asentaba su jarro entre las piernas, y atapábale con la mano, y así bebía seguro. Yo, como estaba hecho

---

[46] Para besarla.

[47] *La media aparejada:* preparada una media blanca, para sustituir a la moneda entera que había hurtado.

[48] Especie de capa larga, de paño, cerrada por delante.

[49] Cerca de sí, a su lado.

[50] Tragos.

[51] *A buenas noches:* sin gota de vino. Se decía, metafóricamente, del estado en que quedaba una persona después de que le habían robado todo su haber.

al vino, moría por él, y viendo que aquel remedio de la paja no me aprovechaba ni valía, acordé hacer en el suelo del jarro una fuentecilla y agujero sutil, y delicadamente taparlo con una muy delgada tortilla de cera, y al tiempo de comer, fingiendo tener frío, entrábame entre las piernas del triste ciego a calentarme en la pobrecilla lumbre que teníamos, y al calor de ella luego era derretida la cera, por ser muy poca, y comenzaba la fuentecilla a destilarme en la boca, la cual yo de tal manera ponía, que maldita la gota se perdía. Cuando el pobrete iba a beber, no hallaba nada; se espantaba, se maldecía, daba al diablo el jarro y el vino, no sabiendo qué podía ser.

—No diréis, tío, que os lo bebo yo —decía—, pues no lo quitáis de la mano.

Tantas vueltas y tientos dio al jarro, que halló la fuente y cayó en la burla; mas así lo disimuló como si no hubiera sentido, y luego otro día, teniendo yo rezumado mi jarro como solía, no pensando en el daño que me estaba aparejado, ni que el mal ciego me sentía, me senté como solía, estando recibiendo aquellos dulces tragos, mi cara puesta hacia el cielo, un poco cerrados los ojos, por mejor gustar el sabroso licor.

Sintió el desesperado ciego que ahora tenía tiempo de tomar de mi venganza, y con toda su fuerza, alzando con dos manos aquel dulce y amargo jarro, le dejó caer sobre mi boca, ayudándose, como digo, con todo su poder, de manera que el pobre Lázaro, que de nada de esto se guardaba,[52] antes, como otras veces, estaba descuidado y gozoso, verdaderamente me pareció que el cielo, con todo lo que en él hay, me había caído encima. Fue tal el golpecillo, que me desatinó y sacó de sentido, y el jarrazo tan grande, que

---

[52] De nada de eso tenía cuidado.

los pedazos de él se me metieron por la cara, rompiéndomela por muchas partes, y me quebró los dientes, sin los cuales hasta hoy día me quedé.

Desde aquella hora quise mal al mal ciego; y aunque me quería y regalaba y me curaba,[53] bien vi que se había holgado[54] del cruel castigo. Me lavó con vino las roturas que con pedazos del jarro me había hecho, y sonriéndose decía:

—¿Qué te parece, Lázaro? Lo que te enfermó te sana y da salud —y otros donaires que a mi gusto no lo eran. Ya que estuve medio bueno de mi negra trepa[55] y cardenales, considerando que a pocos golpes tales el cruel ciego ahorraría[56] de mí, quise yo ahorrar de él; mas no lo hice tan presto por hacerlo más a mi salvo y provecho. Y aunque yo quisiera asentar mi corazón y perdonarle el jarrazo, no daba lugar el mal tratamiento que el mal ciego desde allí adelante me hacía, que sin causa ni razón me hería, dándome coscorrones y repelándome.[57] Y si alguno le decía por qué me trataba tan mal, luego contaba el cuento del jarro, diciendo:

—¿Pensáis que este mi mozo es algún inocente? Pues oíd si el demonio ensayara otra tal hazaña.

Santiguándose los que le oían, decían:

—¡Mirad, quién pensara de un muchacho tan pequeño tal ruindad! —y reían mucho el artificio, y decíanle—: Castigadlo, castigadlo, que de Dios lo habréis—[58] y él, con aquello, nunca otra cosa hacía.

---

53 Cuidaba.
54 Alegrado.
55 Herida.
56 Se libraría.
57 Tirándole del pelo.
58 *Que de Dios lo habréis:* que Dios te recompensará.

Y en esto yo siempre le llevaba por los peores caminos y adrede, por hacerle mal y daño: si había piedras, por ellas; si lodo, por lo más alto, que aunque yo no iba por lo más enjuto, me holgaba de quebrantarme a mí un ojo por quebrar dos al que ninguno tenía. Con esto siempre con el cabo alto del tiento[59] me tentaba el colodrillo,[60] el cual siempre traía lleno de tolondrones[61] y pelado de sus manos; y aunque yo juraba no hacerlo con malicia, sino por no hallar mejor camino, no me aprovechaba ni me creía, mas tal era el sentido y grandísimo entendimiento del traidor.

Y porque vea Vuestra Merced a cuánto se extendía el ingenio de este astuto ciego, contaré un caso de muchos que con él me acaecieron, en el cual me parece dio bien a entender su gran astucia. Cuando salimos de Salamanca, su motivo fue venir a tierra de Toledo, porque decía ser la gente más rica, aunque no muy limosnera. Se arrimaba a este refrán: "Más da el duro que el desnudo", y vinimos a este camino por los mejores lugares. Nos deteníamos donde hallaba buena acogida y ganancia; donde no, al tercer día hacíamos San Juan.[62]

Acaeció que, en llegando a un lugar que llaman Almorox, al tiempo que cogían las uvas, un vendimiador le dio un racimo de ellas en limosna, y como suelen ir los cestos maltratados, y también porque la uva en aquel tiempo está muy madura, se le desgranaba el racimo en la mano, para echarlo en el fardel se tornaba mosto, y [lo mismo] lo que a él se llegaba. Acordó de hacer un banquete, así por no poderlo llevar como por contentarme, que aquel día

---

59 Bastón.
60 Parte posterior de la cabeza.
61 Chichones.
62 *Hacer San Juan:* hace alusión a la despedida de los criados, que solían cambiar de amo por esta fecha.

me había dado muchos rodillazos y golpes; nos sentamos en un valladar, y dijo:

—Ahora quiero yo usar contigo de una liberalidad, y es que ambos comamos este racimo de uvas, y que hayas de él tanta parte como yo; hemos de partirlo de esta manera: tú picarás una vez, y yo otra, con tal que me prometas no tomar cada vez más de una uva; yo haré lo mismo hasta que lo acabemos, y de esta suerte no habrá engaño.

Hecho así el concierto, comenzamos; mas luego al segundo lance el traidor mudó propósito y comenzó a tomar de dos en dos. Considerando que yo debería hacer lo mismo, como vi que él quebraba la postura, no me contenté ir a la par con él; mas aun pasaba adelante dos a dos, tres a tres; y como podía las comía. Acabado el racimo, estuvo un poco con el escobajo en la mano, y meneando la cabeza, dijo:

—Lázaro, me has engañado: juraré yo que tú has comido las uvas tres a tres.

—No comí —dije yo—; mas ¿por qué sospecháis eso?

Respondió el graciosísimo ciego:

—¿Sabes en qué veo que las comiste tres a tres? En que comía yo dos a dos y callabas.

(Ver la primera interpolación de la edición de Alcalá al final de este tratado.)

Me reí entre mí y, aunque muchacho, noté mucho la discreta consideración del ciego; mas por no ser prolijo, dejo de contar muchas cosas, así graciosas como de notar, que con este mi primer amo me acaecieron, y quiero decir el despidiente,[63] y con él acabar. Estábamos en Escalona, villa del duque de ella, en un mesón, y me

---

[63] El momento de la despedida del ciego.

dio un pedazo de longaniza que le asase. Y ya que la longaniza había pringado, y se había comido las pringadas,[64] sacó un maravedí de la bolsa y mandó que fuese por él de vino a la taberna.

Me puso el demonio el aparejo delante de los ojos, el cual, como suelen decir, hace al ladrón, y fue que había cabe el fuego un nabo pequeño, larguillo y ruinoso, y tal, que por no ser para la olla, debió ser echado allí; y como al presente nadie estuviese sino él y yo solos, como me vi con apetito goloso, habiéndome puesto dentera el sabroso olor de la longaniza, del cual solamente sabía que había de gozar, no mirando qué me podría suceder, pospuesto todo temor, por cumplir con el deseo, en tanto que el ciego sacaba de la bolsa el dinero, saqué la longaniza y muy presto metí el sobredicho nabo en el asador, el cual mi amo, dándome el dinero para el vino, tomó y comenzó a dar vueltas al fuego, queriendo asar al que, por sus deméritos, se había escapado de ser cocido.

Yo fui por el vino, con el cual no tardé en despachar la longaniza, y cuando vine hallé al pecador del ciego que tenía entre dos rebanadas apretado el nabo, al cual aún no había conocido, por no haberlo tentado con la mano. Como tomase las rebanadas y mordiese en ellas, pensando también llevar parte de la longaniza, se halló en frío con el frío nabo; se alteró y dijo:

—¿Qué es esto, Lazarillo?

—Lacerado de mí —dije yo—, si queréis achacarme algo. Yo, ¿no vengo de traer el vino? Alguno estaba ahí, y por burla haría eso.

—No, no —dijo él—, que yo no he dejado el asador de la mano. No es posible.

---

[64] *Pringado:* alimento remojado en pringue, o sea, el jugo que desprenden al ser calentadas ciertas comidas grasas. En este caso, *pringadas* se refiere a rebanadas de pan remojadas en la pringue de la longaniza.

Yo torné a jurar y perjurar que estaba libre de aquel trueco y cambio; mas poco me aprovechó, pues a las astucias del maldito ciego nada se le escondía. Se levantó y me asió por la cabeza, y se acercó a olerme, y como debió sentir el huelgo,[65] a uso de buen podenco por mejor satisfacerse de la verdad, y con la gran agonía que llevaba, asiéndome con las manos, me abrió la boca más de su derecho, y desatentadamente metía la nariz, la cual tenía larga y afilada, y a aquella sazón, con el enojo, se había aumentado un palmo; con el pico de la cual me llegó a la gulilla.[66]

Con esto y con el gran miedo que tenía y con la brevedad del tiempo, que la negra longaniza aún no había hecho asiento en el estómago, y lo más principal, con el destiento de la cumplidísima nariz, medio casi ahogándome, todas estas cosas se juntaron, y fueron causa que el hecho y golosina se manifestase, y lo suyo fuese vuelto a su dueño; de manera que antes que el mal ciego sacase de mi boca su trompa, tal alteración sintió mi estómago, que le dio con el hurto en ella, de suerte que su nariz y la negra mal mascada longaniza a un tiempo salieron de mi boca.

¡Oh, gran Dios!, ¿quién estuviera a aquella hora ya sepultado?, que muerto ya lo estaba. Fue tal el coraje del perverso ciego, que si al ruido no acudieran, pienso que no me dejara con la vida. Me sacaron de entre sus manos, dejándoselas llenas de aquellos pocos cabellos que tenía, arañada la cara y rasguñado el pescuezo y la garganta; y esto bien lo merecía [la garganta], pues por su maldad[67] me venían tantas persecuciones.

---

[65] Aliento.
[66] *Gulilla:* epiglotis o campanilla, diminutivo de *gula*.
[67] Aquí Lázaro se refiere a su hambre.

Contaba el mal ciego a todos cuantos allí se llegaban mis desastres, y les daba cuenta una y otra vez, así de la [travesura] del jarro como de la del racimo, y ahora de lo presente.

Era la risa de todos tan grande, que toda la gente que por la calle pasaba entraba a ver la fiesta; mas con tanta gracia y donaire recontaba el ciego mis hazañas, que aunque yo estaba tan maltratado y llorando, me parecía que le hacía injusticia en no reír de ellas. Y en cuanto esto pasaba, a la memoria me vino una cobardía y flojedad que hice porque me maldecía, y fue no dejarle sin narices, pues tan buen tiempo tuve para ello, que la mitad del camino estaba andado. Con solo apretar los dientes se me quedaran en casa, y con ser de aquel malvado, por ventura lo retuviera mejor mi estómago que tuvo la longaniza, y no apareciendo ellas, pudiera negar la demanda.[68] Pluguiera a Dios que lo hubiera hecho, que eso me fuera así que así.[69]

Nos hicieron amigos la mesonera y los que allí estaban, y con el vino que para beber le había traído, me lavaron la cara y la garganta, sobre lo cual discantaba[70] el mal ciego donaires, diciendo:

—¡Por verdad, más vino me gasta este mozo en lavatorios al cabo del año, que yo bebo en dos! A lo menos, Lázaro, eres más en cargo al vino que a tu padre,[71] porque él una vez te engendró, mas el vino mil te ha dado la vida —y luego contaba cuántas veces me había descalabrado y arpado[72] la cara, y con vino luego sanaba—. Yo te digo —dijo— que si un hombre en el mundo ha ser bien afortunado con vino, que serás tú.

---

[68] La demanda judicial por haber cercenado las narices.
[69] *Así que así:* menos malo.
[70] *Discantar:* comentar con exageración y socarronería.
[71] Estás más en deuda con el vino que con tu padre.
[72] Rasguñado.

Y con esto reían mucho los que me lavaban, aunque yo renegaba. Mas el pronóstico del ciego no salió mentiroso, que después acá muchas veces me acuerdo de aquel hombre, que sin duda debía tener espíritu de profecía, y me pesa de los sinsabores que le hice, aunque bien se lo pagué, considerando lo que aquel día me dijo salirme tan verdadero como adelante Vuestra Merced oirá.

Visto esto y las malas burlas que el ciego burlaba de mí, determiné de todo en todo dejarle, y como lo tenía pensado y lo tenía en voluntad, con este postrer juego que me hizo, lo afirmé más; y fue así, que luego otro día salimos por la villa a pedir limosna, y había llovido mucho la noche antes; y porque el día también llovía, andaba rezando debajo de unos portales que en aquel pueblo había, donde no nos mojábamos; mas como la noche se venía y el llover no cesaba, me dijo el ciego:

—Lázaro, esta agua es muy porfiada, y cuanto la noche más cierra, más recia; acojámonos a la posada con tiempo.

Para ir allá habíamos de pasar un arroyo, que con la mucha agua iba grande. Yo le dije:

—Tío, el arroyo va muy ancho; mas si queréis, yo veo por dónde atravesemos más aína[73] sin mojarnos, porque se estrecha allí mucho, y saltando pasaremos a pie enjuto.

Le pareció buen consejo, y dijo:

—Discreto eres, por eso te quiero bien. Llévame a ese lugar donde el arroyo se angosta, que ahora es invierno y sabe mal el agua, y más llevar los pies mojados.

Yo que vi el aparejo a mi deseo, le saqué debajo de los portales, y lo llevé derecho de un pilar o poste de piedra que en la plaza estaba, sobre el cual y sobre otros cargaban saledizos de aquellas casas, y le dije:

---

[73] Fácilmente.

—Tío, este es el paso más angosto que en el arroyo hay.

Como llovía recio, y el triste se mojaba, y con la prisa que llevábamos de salir del agua que encima nos caía y, lo más principal, porque Dios le cegó aquella hora el entendimiento por darme de él venganza, se creyó de mí, y dijo:

—Ponme bien derecho y salta tú el arroyo.

Yo le puse bien derecho enfrente del pilar y doy un salto, y me pongo detrás del poste como quien espera tope de toro, y le dije:

—¡Sus! Saltad todo lo que podáis, porque deis de este cabo[74] del agua.

Aun apenas lo había acabado de decir, cuando se abalanza el pobre ciego como cabrón, y de toda su fuerza arremete tomando un paso atrás de la corrida para hacer mayor salto, y da con la cabeza en el poste, que sonó tan recio como si diera con una gran calabaza; y cayó luego para atrás medio muerto y hendida la cabeza.

—¿Cómo oliste la longaniza y no el poste? Olé, olé —le dije yo.

La dejé en poder de mucha gente que lo había ido a socorrer y tomé la puerta de la villa en los pies de un trote, y antes que la noche viniese, di conmigo en Torrijos. No supe más lo que Dios hizo de él, ni procuré saberlo.

Primera interpolación

A lo cual yo no respondí. Yendo que íbamos así por debajo de unos soportales en Escalona, adonde a la sazón estábamos en casa de un zapatero, había muchas sogas y otras cosas que de esparto se hacen, y parte de ellas dieron a mi amo en la cabeza; el cual, alzando la mano, tocó en ellas, y viendo lo que era me dijo:

---

[74] Extremo.

—Anda presto, muchacho; salgamos de entre tan mal manjar, que ahoga sin comerlo.

Yo, que bien descuidado iba de aquello, miré lo que era, y como no vi sino sogas y cinchas, que no era cosa de comer, le dije:

—Tío, ¿por qué decís eso?

Me respondió:

—Calla, sobrino; según las mañas que llevas, lo sabrás y verás cómo digo verdad.*

Y así pasamos adelante por el mismo portal y llegamos a un mesón, a la puerta del cual había muchos cuernos en la pared, donde ataban los recueros sus bestias. Y como iba tentando si era allí el mesón, adonde él rezaba cada día por la mesonera la oración de la Emparedada, asió de un cuerno, y con un gran suspiro dijo:

—¡Oh, mala cosa, peor que tienes la hechura! ¡De cuántos eres deseado poner tu nombre sobre cabeza ajena, y de cuán pocos tenerte ni aun oír tu nombre, por ninguna vía!

Como le oí lo que decía, dije:

—Tío, ¿qué es eso que decís?

—Calla, sobrino, que algún día te dará este, que en la mano tengo, alguna mala comida y cena.**

—No le comeré yo —dije— y no me la dará.

—Yo te digo verdad; si no, has de verlo, si vives.

Y así pasamos adelante hasta la puerta del mesón, adonde pluguiere a Dios nunca allá llegáramos, según lo que me sucedía en él.

Era todo lo más que rezaba por mesoneras y por bodegoneras y turroneras y rameras, y así por semejantes mujercillas, que por hombre casi nunca le vi decir oración.

---

* El ciego profetiza que Lázaro será ahorcado.
** Ahora le profetiza que su mujer le *pondrá los cuernos;* es decir, que su futura esposa cometerá adulterio.

Tratado segundo

Cómo Lázaro se asentó con un clérigo,
y de las cosas que con él pasó.

Otro día, no pareciéndome estar allí seguro, me fui a un lugar que llaman Maqueda, adonde me toparon mis pecados con un clérigo, que llegando a pedir limosna, me preguntó si sabía ayudar a misa. Yo dije que sí, como era verdad, que aunque maltratado, mil cosas buenas me mostró el pecador del ciego y una de ellas fue esta. Finalmente, el clérigo me recibió por suyo.

Escapé del trueno y di en el relámpago, porque era el ciego para con este un Alejandro Magno,[75] con ser la misma avaricia, como he contado. No digo más sino que toda la laceria[76] del mundo estaba encerrada en este. No sé si de su cosecha era o lo había anexado[77] con el hábito de clerecía. Él tenía un arcón viejo y cerrado con su llave, la cual traía atada con una agujeta del paletoque;[78] y en viniendo el bodigo[79] de la iglesia, por su mano era luego allí lanzado y tomada a cerrar el arca; y en toda la casa no había ninguna cosa de comer, como suele estar en otras: algún tocino colgado al humero,[80] algún queso puesto en alguna tabla o en el armario, algún canastillo con algunos pedazos de pan que de la mesa sobran,

---

75   Alejandro Magno era símbolo de la generosidad.
76   Ver nota 41 del Tratado primero.
77   Adquirido.
78   Capote sin mangas, que llegaba hasta las rodillas.
79   Pan que los fieles ofrecían en la iglesia para sustento de los clérigos.
80   *Humero:* parte de la chimenea donde se acostumbraba poner los alimentos para que se ahumasen.

que me parece a mí que aunque de ello no me aprovechara, con la vista de ello me consolara.

Solamente había una horca de cebollas y tras llave, en una cámara, en lo alto de la casa; de estas tenía yo de ración una para cuatro días, y cuando le pedía la llave para ir por ella, si alguno estaba presente, echaba mano al falsopeto[81] y con gran continencia la desataba y me la daba diciendo: "Toma y vuélvela luego, y no hagáis sino golosmear", como si debajo de ella estuvieran todas las conservas de Valencia, con no haber en la dicha cámara, como dije, maldita otra cosa que las cebollas colgadas de un clavo, las cuales él tenía también por cuenta, que si por malos de mis pecados me desmandara a más de mi tasa, me costara caro.

Finalmente, yo me finaba de hambre. Pues ya que conmigo tenía poca caridad, consigo usaba más. Cinco blancas de carne era su ordinario para comer y cenar; verdad es que partía conmigo del caldo, que de la carne tan blanco el ojo,[82] sino un poco de pan, y pluguiera a Dios que me demediara.[83] Los sábados se comen en esta tierra cabezas de carnero y me enviaba por una que costaba tres maravedises; aquella la cocía y comía los ojos, y la lengua y el cogote y sesos, y la carne que en las quijadas tenía, y me daba todos los huesos roídos, y me los daba en el plato diciendo:

—Toma, come, triunfa, que para ti es el mundo; mejor vida tienes que el Papa.

"¡Tal te la dé Dios!", decía yo paso[84] entre mí.

---

[81] *Falsopeto:* bolsa oculta a la altura del pecho.
[82] *Tan blanco el ojo* indica que no le daban nada. *Quedarse en blanco* es una expresión usual todavía.
[83] Ver nota 36 del Tratado primero.
[84] *Paso:* quedo, en voz baja.

Al cabo de tres semanas que estuve con él, vine a tanta flaqueza que no me podía tener en las piernas, de pura hambre. Vime claramente ir a la sepultura, si Dios y mi saber no me remediaran; para usar de mis mañas no tenía aparejo, por no tener en qué darle salto, y aunque algo hubiera no pudiera cegarle, como hacía al que Dios perdone, si de aquella calabazada feneció, que todavía, aunque astuto, con faltarle aquel preciado sentido, no me sentía; mas este otro, ninguno hay que tan aguda vista tuviese como él tenía.

Cuando al ofertorio[85] estábamos, ninguna blanca en la concha caía que no era de él registrada: un ojo tenía en la gente y el otro en mis manos; le bailaban los ojos en el casco como si fueran de azogue; cuantas blancas ofrecían tenían por cuenta y acabado el ofrecer luego me quitaba la concheta y la ponía sobre el altar. No era yo señor de asirle una blanca todo el tiempo que con él viví, o por mejor decir, morí. De la taberna nunca le traje una blanca de vino, mas aquel poco que de la ofrenda había metido en su arca compasaba[86] de tal forma, que le duraba toda la semana, y por ocultar su gran mezquindad, me decía:

—Mira, mozo, los sacerdotes han de ser muy templados en su comer y beber, y por esto yo no me desmando como otros —mas el lacerado[87] mentía falsamente, porque en cofradías[88] y mortuorios[89] que rezábamos a costa ajena, comía como lobo y bebía más que un saludador.[90]

---

[85] Parte de la misa, después de la lectura del Evangelio y anterior al Canon.
[86] Medir escrupulosamente.
[87] Mezquino.
[88] En las fiestas de las distintas cofradías o hermandades había comidas a cargo de los hermanos mayores.
[89] Funerales.
[90] *Saludador:* hombre cuya saliva tenía propiedades curativas contra la rabia. Los saludadores bebían mucho, quizá para producir más saliva.

Y porque dije de mortuorios, Dios me perdone, que jamás fui enemigo de la naturaleza humana sino entonces, y esto era porque comíamos bien y me hartaban. Deseaba y aun rogaba a Dios que cada día matase el suyo. Y cuando dábamos sacramento a los enfermos, especialmente la extremaunción, como manda el clérigo rezar a los que estaban allí, yo cierto no era el postrero de la oración, y con todo mi corazón y buena voluntad rogaba al Señor, no que le echase a la parte que más servido fuese, como se suele decir, mas que le llevase de este mundo. Cuando algunos de estos escapaban, Dios me lo perdone, que mil veces le daba al diablo, y el que se moría otras tantas bendiciones, llevaba de mí dichas, porque en todo el tiempo que allí estuve, que serían casi seis meses, solo veinte personas fallecieron, y estas bien creo que las maté yo, o por mejor decir, murieron a mi recuesta;[91] porque viendo el Señor mi rabiosa y continua muerte, pienso que holgaba de matarlos por darme a mí vida.

Mas de lo que al presente padecía, remedio no hallaba, que si el día que enterrábamos yo vivía, los días que no había muerto, por quedar bien vezado[92] de la hartura, tomando a mi cotidiana hambre, más lo sentía. De manera que en nada hallaba descanso, salvo en la muerte, que yo también para mí como para los otros deseaba algunas veces; mas no la veía, aunque estaba siempre en mí.

Pensé muchas veces irme de aquel mezquino amo, mas por dos cosas no lo dejaba. La primera, por no atreverme a [confiar en] mis piernas, por temor de la flaqueza, que de pura hambre me caía; y la otra, consideraba y decía: "Yo he tenido dos amos, el primero me traía muerto de hambre, y dejándole, topé con este otro, que me tiene ya con ella en la sepultura, pues si de este desisto y

---

[91] Por mi ruego.
[92] *Vezado*: acostumbrado.

doy en otro más bajo, ¿qué será sino fenecer?". Con esto no osaba menearme, porque tenía por fe que todos los grados[93] había de hallar más ruines, y al bajar otro punto no sonara Lázaro ni se oyera en el mundo.

Pues estando en tal aflicción, cual pluguiera al Señor librar de ella a todo fiel cristiano, y sin saber darme consejo, viéndome ir de mal en peor, un día que el cuitado ruin y lacerado de mi amo había ido fuera del lugar, llegó acaso a mi puerta un calderero, el cual yo creo que fue ángel enviado a mí por manos de Dios en aquel hábito. Me preguntó si tenía algo que adobar.[94] "En mí teníades bien que hacer, y no haríades poco si me remediásedes", dije paso,[95] que no me oyó; mas como no era tiempo de gastarlo en gracias, alumbrado por el Espíritu Santo, le dije:

—Tío, una llave de esta arca he perdido, y temo que mi señor me azote, por vuestra vida veáis si en esas que traéis hay alguna que lo haga, que yo os lo pagaré.

Comenzó a probar el angélico calderero una y otra de un gran sartal que de ellas traía, y yo a ayudarle con mis flacas oraciones. Cuando no me cato,[96] veo en figuras de panes, como dicen, la cara de Dios[97] dentro del arcón, y abierto. Le dije:

—Yo no tengo dineros que os dar por la llave, mas tomad de ahí el pago.

Él tomó un bodigo[98] de aquellos, el que mejor le pareció, y dándome mi llave se fue muy contento, dejándome más a mí; mas

---

[93] *Grados:* es término musical, por eso a continuación se provoca el fácil chiste con *punto* o nota musical.

[94] Preparar, arreglar.

[95] Ver nota 84 de este tratado.

[96] *Cuando no me cato:* cuando menos lo espero.

[97] Cruce de ideas entre *pan* y *Eucaristía*.

[98] Pieza de pan.

no toqué en nada por el presente, porque no fuese la falta sentida, y aun porque [cuando] me vi de tanto bien señor, me pareció que la hambre no osaba llegarme.

Vino el mísero de mi amo, y, quiso Dios, no miró en la oblada[99] que el ángel había llevado.

Y otro día, en saliendo de casa, abro mi paraíso panal,[100] y tomo entre las manos y dientes un bodigo, y en dos credos le hice invisible, no olvidándoseme el arca abierta, y comienzo a barrer la casa con mucha alegría, pareciéndome con aquel remedio arreglar en adelante la triste vida. Y así estuve con ello aquel día y otro gozoso; mas no estaba en mi dicha que me durase mucho aquel descanso, porque luego al tercer día me vino la terciana derecha,[101] y fue que veo a deshora al que me mataba de hambre volviendo y revolviendo, contando y tornando a contar los panes. Yo disimulaba, y en mi secreta oración y devociones y plegarias decía: "¡San Juan, ciégale!".

Después que estuvo un gran rato echando la cuenta, por días y dedos contando, dijo:

—Si no tuviera a tan buen recaudo esta arca, yo dijera que me habían tomado de ella panes; pero de hoy más solo por cerrar puerta a la sospecha quiero tener buena cuenta con ellos: nueve quedan y un pedazo.

"Nuevas malas te dé Dios", dije yo entre mí. Me pareció con lo que dijo pasarme el corazón con saeta de montera y me comenzó el estómago a escarbar de hambre, viéndome puesto en la dieta pasada. Fue fuera de casa, y yo por consolarme abro el arca, y como vi el pan, lo comencé a adorar, no osando recibirlo. Los conté [para

---

[99] *Oblada:* ofrenda de pan; habla del bodigo.

[100] *Paraíso panal:* paráfrasis satírica de *paraíso terrenal.*

[101] *Terciana derecha:* fiebres acompañadas de temblores, que se repiten cada tres días.

cerciorarme de] si a dicha el lacerado se errara, y hallé su cuenta más verdadera [de lo] que yo quisiera.

Lo más que yo pude hacer fue dar en ellos mil besos, y lo más delicado que yo pude, del partido partí un poco al pelo[102] que él estaba, y con aquel pasé aquel día, no tan alegre como el pasado; mas como la hambre creciese, mayormente que tenía el estómago hecho a más pan, aquellos dos o tres días ya dichos, moría mala muerte, tanto que otra cosa no hacía, en viéndome solo, sino abrir y cerrar el arca, y contemplar en aquella cara de Dios, que así dicen los niños.

Mas el mismo Dios, que socorre a los afligidos, viéndome en tal estrecho, trajo a mi memoria un pequeño remedio, que considerando entre mí, dije: "Este arquetón es viejo, grande y roto por algunas partes, aunque [son] pequeños [los] agujeros. Se puede pensar que ratones, entrando en él, hacen daño a este pan; sacarlo entero no es cosa conveniente, porque verá la falta el que en tanta me hace vivir; esto bien se sufre".

Y comienzo a desmigajar el pan sobre unos no muy costosos manteles que allí estaban, y tomo uno y dejo otro, de manera que en cada cual de tres o cuatro desmigajé su poco. Después, como quien toma gragea,[103] lo comí, y algo me consolé; mas él, como viniese a comer y abriese el arca, vio el mal pesar, y sin duda creyó ser ratones los que el daño habían hecho, porque estaba muy al propio contrahecho[104] de como ellos lo suelen hacer.

Miró todo el arca de un cabo a otro y le vio ciertos agujeros por donde sospechaba habían entrado. Me llamó diciendo:

—Lázaro, mira qué persecución ha venido aquesta noche por nuestro pan.

---

[102] En la dirección de lo ya cortado.

[103] *Gragea:* confitura muy pequeña.

[104] *Contrahecho:* imitado.

Yo me hice muy maravillado, preguntándole qué sería.

—¿Qué ha de ser? —dijo él—. Ratones que no dejan cosa a vida.

Nos pusimos a comer, y quiso Dios que aun en esto me fue bien, que me cupo más pan que la laceria que me solía dar, porque ralló con un cuchillo todo lo que pensó ser ratonado, diciendo:

—Cómete eso, que el ratón cosa limpia es.

Y así aquel día, añadiendo la ración del trabajo de mis manos o de mis uñas, por mejor decir, acabamos de comer aunque yo nunca empezaba, y luego me vino otro sobresalto que fue verle andar solícito quitando clavos de paredes y buscando tablillas, con las cuales clavó y cerró todos los agujeros de la vieja arca. "¡Oh, Señor mío!", dije yo entonces, "¡a cuánta miseria y fortuna y desastres estamos puestos los nacidos, y cuán poco duran los placeres de esta nuestra trabajosa vida! Heme aquí, que pensaba con este pobre y triste remedio arreglar y pasar mi laceria, y estaba ya cuanto que alegre y de buena ventura; mas no quiso mi desdicha, despertando a este lacerado de mi amo y poniéndole más diligencia de la que él de suyo se tenía (pues los míseros por la mayor parte nunca de aquella carecen), ahora, cerrando los agujeros del arca, cerrase la puerta a mi consuelo y la abriese a mis trabajos".

Así lamentaba yo, en tanto que mi solícito carpintero con muchos clavos y tablillas, dio fin a su obra, diciendo:

—Ahora, donos[105] traidores ratones, os conviene mudar propósito, que en esta casa mala madera tenéis.

De que salió de su casa, voy a ver la obra, y hallo que no dejó en la triste y vieja arca agujero, ni aun por donde le pudiese entrar un mosquito. Abro con mi desaprovechada llave, sin esperanza de sacar provecho, y vi los dos o tres panes comenzados, los que mi

---

[105] *Donos,* plural cómico del antiguo tratamiento don. Dones.

amo creyó ser ratonados, y de ellos todavía saqué alguna laceria, tocándolos muy ligeramente, a uso de esgrimidor diestro, como la necesidad sea tan gran maestra.

Viéndome con tanta siempre, noche y día estaba pensando la manera que tendría en sustentar el vivir, y pienso para hallar estos negros remedios, que me era luz la hambre, pues dicen que el ingenio con ella se aviva y al contrario con la hartura, y así era por cierto en mí.

Pues estando una noche desvelado en este pensamiento, pensando cómo me podría valer y aprovecharme del arcón, sentí que mi amo dormía, porque lo mostraba con roncar y en unos resoplidos grandes que había cuando estaba durmiendo. Me levanté muy quedito, y habiendo en el día pensado lo que había de hacer y dejado un cuchillo viejo, que por allí andaba, en parte donde le hallase, me voy al triste arcón, y por donde había mirado tener menos defensa, le acometí con el cuchillo, que a manera de barreno de él usé; y como la antiquísima arca, por ser de tantos años, la hallase sin fuerza y corazón, antes muy blanda y carcomida, luego se me rindió, y consintió en su costado por mi remedio un buen agujero.

Esto hecho, abro muy paso la llagada arca, y al tiempo del pan, que hallé partido, hice según de yuso[106] está escrito; y con aquello, algún tanto consolado, tornando a cerrar, me volví a mis pajas, en las cuales reposé y dormí un poco, lo cual yo hacía mal, y lo echaba al no comer, y así sería, porque cierto en aquel tiempo no me debían de quitar el sueño los cuidados del rey de Francia.

Otro día fue por el señor mi amo visto el daño, así del pan como del agujero que yo había hecho, y comenzó a dar al diablo los ratones y decir:

---

[106] *De yuso,* arcaísmo; equivale a *abajo*. Pero Lázaro quiere decir arriba, pues ya ha descrito la acción que refiere ahora.

—¿Qué diremos a esto? Nunca haber sentido ratones en esta casa sino ahora.

Y sin duda debía de decir verdad, porque si casa había de haber en el reino justamente de ellos privilegiada, aquella de razón había de ser, porque no suelen morar donde no hay que comer. Torna a buscar clavos por la casa y por las paredes, y con tablillas a tapar los agujeros. Venida la noche y su reposo, luego yo era puesto en pie con mi aparejo, y cuantos él tapaba de día, destapaba yo de noche.

En tal manera fue y tal prisa nos dimos, que sin duda por esto se debió decir: "Donde una puerta se cierra otra se abre". Finalmente, parecíamos tener a destajo la tela de Penélope,[107] pues cuanto él tejía de día, rompía yo de noche, y en pocos días y noches pusimos la pobre despensa de tal forma, que quien quisiera propiamente de ella hablar, más corazas viejas de otro tiempo que no arcaz la llamara, según la clavazón y tachuelas que sobre sí tenía.

De que vio no aprovecharle nada su remedio, dijo:

—Esta arca está tan maltratada, y es de madera tan vieja y flaca, que no habrá ratón a quien se defienda; y va ya tal, que si andamos más con él, nos dejará sin guarda; y aun lo peor, que, aunque hace poca, todavía hará falta faltando y me pondrá en costa de tres o cuatro reales. El mejor remedio que hallo, pues el de hasta aquí no aprovecha: armaré[108] por de dentro a estos ratones malditos.

Luego buscó prestada una ratonera, y con cortezas de queso, que a los vecinos pedía, contino el gato[109] estaba armado dentro

---

[107] Mujer de Ulises (ver la *Odisea,* de Homero), que, en ausencia de su esposo, daba largas a sus pretendientes, diciéndoles que no se casaría de nuevo hasta acabar una tela, la cual tejía y destejía a diario.

[108] *Armaré:* prepararé una trampa.

[109] *Gato:* ratonera.

del arca, lo cual era para mí singular auxilio; porque puesto caso que yo no había menester muchas salsas para comer, todavía me holgaba con las cortezas del queso que de la ratonera sacaba y, sin esto, no perdonaba el ratonar del bodigo.

Como hallase el pan rato nado y el queso comido, y no cayese el ratón que lo comía, se daba al diablo, preguntaba a los vecinos qué podría ser comer el queso y sacarlo de la ratonera, y no caer ni quedar dentro el ratón, y hallar caída la trampilla del gato. Acordaron los vecinos no ser el ratón el que este daño hacía, porque no fuera menos de haber caído alguna vez. Le dijo un vecino:

—En vuestra casa yo me acuerdo que solía andar una culebra, y esta debe ser sin duda, y lleva razón, que como es larga, tiene lugar de tomar el cebo, y aunque la coja la trampilla encima, como no entra toda dentro, tórnase a salir.

Cuadró a todos lo que aquel dijo, y alteró mucho a mi amo, y en adelante no dormía tan a sueño suelto, que cualquier gusano de la madera que de noche sonase pensaba ser la culebra que le roía el arca, y luego era puesto en pie, y con un garrote que a la cabecera (desde que aquello le dijeron) ponía, daba en la pecadora del arca grandes garrotazos, pensando espantar la culebra.

A los vecinos despertaba con el estruendo que hacía, y a mí no me dejaba dormir. Se iba a mis pajas y la trastornaba, y a mí con ellas, pensando que la culebra se iba para mí y se envolvía en mis pajas o en mi sayo, porque le decían que de noche acaecía a estos animales, buscando calor, ir a las cunas donde están criaturas, y aun morderlas y hacerles peligrar. Yo, las más veces, hacía del dormido, y en la mañana me decía él:

—Esta noche, mozo, ¿no sentiste nada? Pues tras la culebra anduve, y aun pienso se ha de ir para ti a la cama, que son muy frías y buscan calor.

—¡Plega a Dios que no me muerda —decía yo—, que harto miedo le tengo!

De esta manera andaba tan elevado[110] y levantado del sueño, que, a mi fe, la culebra o el culebro, por mejor decir, no osaba roer de noche ni levantarse al arca; mas de día, mientras estaba en la iglesia o por el lugar, hacía mis asaltos. Los cuales daños viendo él y el poco remedio que les podía poner, andaba de noche, como digo, hecho trasgo.[111]

Yo tuve miedo de que, con aquellas diligencias, se topase con la llave que debajo de las pajas tenía, y me pareció lo más seguro meterla de noche en la boca, porque ya desde que viví con el ciego la tenía tan hecha bolsa, que me acaeció tener en ella doce o quince maravedís, todo en medias blancas, sin que me estorbase el comer, porque de otra manera no era señor de una blanca, que el maldito ciego no cayese con ella, no dejando costura ni remiendo que no me buscaba muy a menudo. Pues así, como digo, metía cada noche la llave en la boca, y dormía sin recelo que el brujo de mi amo cayese con ella; mas cuando la desdicha ha de venir, por demás es diligencia.

Quisieron mis hadas, o, por mejor decir, mis pecados, que una noche que estaba durmiendo, la llave se me puso en la boca, que abierta debía tener de tal manera y postura, que el aire y resoplo que yo durmiendo echaba, salía por lo hueco de la llave, que de cañuto[112] era, y silbaba, según mi desastre quiso, muy recio, de tal manera, que el sobresaltado de mi amo lo oyó, y creyó sin duda ser el silbo de la culebra, y cierto lo debía parecer.

Se levantó muy paso con su garrote en la mano, y al tiento y sonido de la culebra se llegó a mí con mucha quietud, por no ser

---

[110] *Elevado:* distraído.

[111] *Trasgo:* duende.

[112] *De cañuto:* hueca por el eje, como las cañas.

sentido de la culebra; y como cerca se vio, pensó que allí en las pajas donde yo estaba echado, al calor del mío se había venido, y levantando bien el palo, pensando tenerla debajo y darle tal garrotazo que la matase, con toda su fuerza me descarga en la cabeza tan gran golpe, que sin ningún sentido y muy mal descalabrado me dejó.

Como sintió que me había dado, según yo debía hacer gran sentimiento con el fiero golpe, contaba él que se había llegado a mí, y dándome grandes voces, llamándome, procuró recordarme;[113] mas como me tocase con las manos, tentó la mucha sangre que se me iba, y conoció el daño que me había hecho, y con mucha prisa fue a buscar lumbre; y llegando con ella, me halló quejando todavía con mi llave en la boca, que nunca la desamparé, la mitad fuera, bien de aquella manera que debía estar al tiempo que silbaba con ella.

Espantado el matador de culebras qué podría ser aquella llave, la miró sacándomela del todo de la boca, y vio lo que era, porque en las guardas nada de la suya se diferenciaba; fue luego a probarla, y con ella probó el maleficio. Debió de decir el cruel cazador: "He hallado al ratón y culebra que me daban guerra y comían mi hacienda".

De lo que sucedió en aquellos tres días siguientes, ninguna fe daré, porque los tuve en el vientre de la ballena,[114] mas de cómo esto que he contado oí, después que en mí torné, decir a mi amo, el cual a cuantos allí venían lo contaba por extenso.

A cabo de tres días yo torné en mi sentido, y me vi echado en mis pajas, la cabeza toda emplastada y llena de aceites y ungüentos, y espantado dije:

---

[113] Despertarme.

[114] Referencia al pasaje bíblico de Jonás, que estuvo tres días encerrado en el vientre de una ballena. (*Evangelio de San Mateo*, XII, 39-41; Jonás II, 1: III, 5).

—¿Qué es esto?

Me respondió el cruel sacerdote:

—A fe que los ratones y culebras que me destruían ya los he cazado.

Y miré por mí, y me vi tan maltratado, que luego sospeché mi mal. A esta hora entró una vieja que ensalmaba[115] y los vecinos, y me comienzan a quitar trapos de la cabeza y curar el garrotazo; y como me hallaron vuelto en mi sentido, se holgaron mucho, y dijeron:

—Pues ha tornado en su acuerdo, placerá a Dios no será nada.

Ahí tornaron de nuevo a contar mis cuitas, y a reírlas, y yo, pecador, a llorarlas. Con todo esto, me dieron de comer, que estaba transido de hambre, y apenas me pudieron demediar. Y así, de poco en poco, a los quince días me levanté y estuve sin peligro, mas no sin hambre, y medio sano.

Luego otro día que fui levantado, el señor mi amo me tomó por la mano y me sacó, y puesto en la calle, me dijo:

—Lázaro, de hoy más eres tuyo y no mío. Busca amo y vete con Dios, que yo no quiero en mi compañía tan diligente servidor; no es posible sino que hayas sido mozo de ciego —y santiguándose de mí, como si yo estuviera endemoniado, se torna a meter en casa y cierra su puerta.

---

[115] Hechicera que decía curar con salmos.

TRATADO TERCERO

❖

De cómo Lázaro se asentó con un escudero, y lo que le pasó con él.

De esta manera me fue forzado sacar fuerzas de flaqueza, y poco a poco, con ayuda de las buenas gentes, di conmigo en esta insigne ciudad de Toledo, adonde con la merced de Dios, dende a[116] quince días se me cerró la herida, y mientras estaba malo siempre me daban alguna limosna; mas después que estuve sano todos me decían:

—Tú, bellaco y gallofero[117] eres; busca, busca un amo a quien sirvas.

Decía yo entre mí: "¿Y a dónde se hallará ese si Dios ahora de nuevo, como crió el mundo, no le criase?".

Andando así discurriendo de puerta en puerta, con harto poco remedio, porque ya la caridad se subió al cielo, me topó Dios con un escudero que iba por la calle con razonable vestido, bien peinado, su paso y compás en orden. Me miró y yo a él, y me dijo:

—Muchacho, ¿buscas amo?

Yo le dije:

—Sí, señor.

—Pues vente tras mí —me respondió—, que Dios te ha hecho merced en topar conmigo; alguna buena oración rezaste hoy.

Lo seguí, dando gracias a Dios por lo que le oí, y también [por] que me parecía, según su hábito y continente, ser el que yo había

---

[116] *Dende a:* después de.

[117] *Gallofa:* la comida que se daba a los pobres, y *gallofero* se le decía al que vivía sin trabajar.

menester. Era de mañana cuando este mi tercer amo topé, y me llevó tras sí gran parte de la ciudad. Pasamos por las plazas donde se vendía pan y otras provisiones. Yo pensaba y aun deseaba que allí me quería cargar de lo que se vendía, porque esta era propia hora cuando se suele proveer de lo necesario; mas muy a tendido paso pasaba por estas cosas.

"Por ventura no le ve aquí a su contento", decía yo, "y querrá que lo compremos en otro cabo."

De esta manera anduvimos hasta que dieron las once. Entonces se entró en la iglesia mayor, y yo tras él; y muy devotamente le vi oír misa y los otros oficios divinos, hasta que todo fue acabado y la gente ida. Entonces salimos de la iglesia, y a buen paso tendido comenzamos a ir por una calle abajo. Yo iba ya el más alegre del mundo, en ver que no nos habíamos ocupado en buscar de comer; bien consideré que mi nuevo amo debía ser hombre que se proveía por junto, y que ya la comida estaría a punto, y tal como yo la deseaba y aun había menester.

En este tiempo dio el reloj la una, después de mediodía, y llegamos a una casa, ante la cual mi amo se paró, y yo con él, y derribando el cabo de la capa sobre el lado izquierdo, sacó una llave de la manga, abrió su puerta y entramos en casa, la cual tenía la entrada oscura y lóbrega, de tal manera, que parecía que ponía temor a los que en ella entraban, aunque dentro de ella estaba un patio pequeño y razonables cámaras.

Desque[118] fuimos entrados, quita de sobre sí su capa, y preguntando si tenía las manos limpias, la sacudimos y doblamos muy limpiamente, y soplando un poyo que allí estaba la puso en él. Y hecho esto, se sentó cabe ella, preguntándome muy por extenso de

---

[118] Después que, de que, desde que.

dónde era y cómo había venido a aquella ciudad. Yo le di más larga cuenta que quisiera, porque me parecía más conveniente hora de mandar poner la mesa y escudillar la olla,[119] que de lo que me pedía. Con todo eso, yo le satisface de mi persona lo mejor que mentir supe, diciendo mis bienes y callando lo demás, porque me parecía no ser para en cámara.[120]

Esto hecho, estuve así un poco, y yo luego vi mala señal, por ser ya casi las dos y no verle más aliento de comer que a un muerto. Después de esto, consideraba aquel tener cerrada la puerta con llave, ni sentir arriba ni abajo pasos de viva persona por la casa. Todo lo que había visto eran paredes, sin ver en ella silleta, ni tajo,[121] ni banco, ni mesa, ni aun tal arcón como el de marras;[122] finalmente, ella parecía casa encantada.

Estando así, me dijo:

—Tú, mozo, ¿has comido?

—No, señor —dije yo—, que aún no eran dadas las ocho cuando con Vuestra Merced encontré.

—Pues, aunque de mañana, yo había almorzado —dice—, y cuando así como algo, te hago saber que hasta la noche me estoy así. Por eso, pásate como pudieres, que después cenaremos.

Vuestra Merced crea, cuando esto le oí, que estuve en poco de caer de mi estado, no tanto de hambre, como por conocer de todo en todo la fortuna serme adversa. Allí se me presentaron de nuevo mis fatigas, y torné a llorar mis trabajos; allí se me vino a la memoria la consideración que hacía cuando me pensaba ir del clérigo, diciendo que aunque aquel era desventurado y mísero, por

---

119 *Escudillar la olla:* servir la comida con escudilla.
120 No ser adecuado para un sitio decente.
121 Pedazo de madera para cortar la carne.
122 Como el ya conocido.

ventura toparía con otro peor. Finalmente, allí lloré mi trabajosa vida pasada y mi cercana muerte venidera; y con todo, disimulando lo mejor que pude, le dije:

—Señor, mozo soy, que no me fatigo mucho por comer, bendito Dios. De eso me podré yo alabar entre todos mis iguales por de mejor garganta, y así fui yo loado de ella hasta hoy día de los amos que yo he tenido.

—Virtud es esa —dijo él—, y por eso te querré yo más, porque el hartarse es de los puercos, y el comer regaladamente es de los hombres de bien.

"Bien te he entendido", dije entre mí, "maldita sea tanta medicina y bondad que aquestos mis amos que yo hallo hallan en el hambre."

Me puse a un cabo del portal y saqué unos pedazos de pan del seno, que me habían quedado de los de por Dios.[123]

Él, que vio esto, me dijo:

—Ven acá, mozo. ¿Qué comes?

Yo me llegué a él y le mostré el pan. Me tomó él un pedazo, de tres que eran, el mejor y más grande, y me dijo:

—Por mi vida, que parece este buen pan.

—¿Y cómo ahora —dije yo—, señor, es bueno?

—Sí, a fe —dijo él—. ¿En dónde lo obtuviste? Y ¿es amasado de manos limpias?

—No sé yo eso —le dije—, mas a mí no me pone asco el sabor de ello.

—¡Así plega a Dios! —dijo el pobre de mi amo, y llevándolo a la boca, comenzó a dar en él tan fieros bocados como yo en el otro—. ¡Sabrosísimo pan está —dijo—, por Dios!

---

[123] Los recibidos por caridad en nombre de Dios.

Y como le sentí de qué pie cojeaba, dime prisa, porque le vi en disposición, si acababa antes que yo, se comediría a ayudarme a lo que me quedase, y con esto acabamos casi a una. Comenzó a sacudir con las manos unas pocas de migajas y bien menudas, que en los pechos se le habían quedado, y entró en una camareta que allí estaba y sacó un jarro desbocado y no muy nuevo, y desque hubo bebido, me convidó con él. Yo, por hacer del continente,[124] dije:

—Señor, no bebo vino.

—Agua es —me respondió—, bien puedes beber.

Entonces tomé el jarro y bebí, no mucho, porque de sed no era mi congoja. Así estuvimos hasta la noche, hablando de cosas que me preguntaba, a las cuales yo le respondí lo que mejor supe. En este tiempo me metió en la cámara donde estaba el jarro de que bebimos, y me dijo:

—Mozo, pásate allí y verás cómo hacemos esta cama, para que la sepas hacer de aquí adelante.

Me puse en un cabo y él en el otro, e hicimos la negra cama, en la cual no había mucho que hacer, porque ella tenía sobre unos bancos un cañizo, sobre el cual estaba tendida la ropa encima de un negro colchón, que por no estar muy continuado a lavarse, no parecía colchón, aunque servía de él, con harta menos lana [de la] que era menester. Aquel tendimos, haciendo cuenta de ablandarle, lo cual era imposible, porque de lo duro mal se puede hacer blando. El diablo del enjalma[125] maldita la cosa tenía dentro de sí, que puesto sobre el cañizo todas las cañas se señalaban, y parecían a lo propio entrecuesto[126] de flaquísimo puerco. Y sobre aquel

---

[124] Por fingir moderación.

[125] En *Andalucía* colchón de poquísima lana.

[126] *Costillas unidas al espinazo.*

hambriento colchón un alfamar[127] del mismo jaez, del cual el color yo no pude alcanzar [a distinguir].

Hecha la cama y la noche venida, me dijo:

Lázaro, ya es tarde, y de aquí a la plaza hay gran trecho. También en esta ciudad andan muchos ladrones, que siendo de noche capean.[128] Pasemos como podamos, y mañana, viniendo el día, Dios hará merced, porque yo por estar solo no estoy proveído; antes he comido estos días por allá fuera; mas ahora hemos de hacerlo de otra manera.

—Señor, de mí —dije yo— ninguna pena tenga Vuestra Merced, que bien sé pasar una noche, y aun más, si es menester, sin comer.

—Vivirás muy sano —me respondió—, porque, como decíamos hoy, no hay tal cosa en el mundo para vivir mucho como comer poco.

"Si por esta vía es", dije entre mí, "nunca yo moriré, que siempre he guardado esta regla por fuerza, y aun espero en mi desdicha tenerla toda mi vida."

Y se acostó en la cama, poniendo por cabecera las calzas y el jubón, y me mandó echar a sus pies, lo cual yo hice; mas maldito el sueño que yo dormí, porque las cañas y mis salidos huesos en toda la noche no dejaron de rifar[129] y encenderse, que con mis trabajos, males y hambre, pienso que en mi cuerpo no había libra de carne. Y también, como aquel día no había comido casi nada, rabiaba de hambre, la cual con el sueño no tenía amistad. Me maldije mil veces, Dios me lo perdone, y a mi ruin fortuna allí lo más de la noche; y lo peor, no osándome revolver por no despertarle, pedía a Dios muchas veces la muerte.

---

[127] *Alfamar* o *alhamar*: manta o cobertor.
[128] Roban capas.
[129] Reñir, luchar.

La mañana venida, nos levantamos, y comienza a limpiar y sacudir sus calzas y jubón, sayo y capa, y yo que le servía de pelillo,[130] y se viste muy a su placer de espacio. Le eché agua manos, se peinó y puso su espada en el talabarte,[131] y al tiempo que la ponía, me dijo:

—¡Oh, si supieses, mozo, qué pieza es esta! No hay marco de oro en el mundo porque yo la diese; mas así, ninguna de cuantas Antonio[132] hizo no acertó a ponerle los aceros tan prestos como esta los tiene —y la sacó de la vaina, y la tentó con los dedos, diciendo—: ¿Vesla aquí? Yo me obligo con ella cercenar un copo de lana.

Y yo dije entre mí: "Y yo con mis dientes, aunque no son de acero, un pan de cuatro libras".

La volvió a meter y se la ciñó, y un sartal de cuentas gruesas del talabarte, y con un paso sosegado y el cuerpo derecho, haciendo con él y con la cabeza muy gentiles meneos, echando el cabo de la capa sobre el hombro, y a veces sobre el brazo, y poniendo la mano derecha en el costado, salió por la puerta diciendo:

—Lázaro, mira por la casa en tanto que voy a oír misa, y haz la cama, y ve por la vasija de agua al río que aquí abajo está, y cierra la puerta con llave, no nos hurten algo, y ponla aquí al quicio, porque si yo viniere en tanto, pueda entrar.

Y se sube por la calle arriba con tan gentil semblante y continente, que quien no le conociera pensara ser muy cercano pariente al conde de Alarcos o a lo menos camarero que le daba de vestir.

"Bendito seáis vos, Señor", quedé yo diciendo, "que dais la enfermedad y ponéis el remedio. ¿Quién encontrará a aquel mi señor que no piense, según el contento que de sí lleva, haber anoche

---

[130] *Servir de pelillo:* ceremoniosamente, con cumplido.
[131] Cinturón hecho a propósito.
[132] Famoso espadero que hizo la espada llamada de Isabel la Católica.

bien cenado y dormido en buena cama, y aunque hora es de mañana, no le cuenten por bien almorzado? Grandes secretos son, Señor, los que vos hacéis, y las gentes ignoran. ¿A quién no engañará aquella buena disposición y razonable capa y sayo? ¿Y quién pensará que aquel gentil hombre se pasó ayer todo el día con aquel mendrugo de pan, que su criado Lázaro trajo un día y una noche en el arca de su seno, donde no se le podía pegar mucha limpieza?, ¿y hoy lavándose las manos y cara, a falta de paño de manos, se hacía servir del halda del sayo? Nadie, por cierto, lo sospechará. ¡Oh señor, y cuántos de aquestos debéis tener Vos por el mundo derramados, que padecen, por la negra que llaman honra,[133] lo que por vos no sufrirían!"

Así estaba yo a la puerta mirando y considerando estas cosas, hasta que el señor mi amo traspuso la larga y angosta calle. Volví a entrar en casa, y en un credo la anduve toda, alto y bajo, sin hacer represa[134] ni hallar en qué. Hago la dura y negra cama, y tomo el jarro, y doy conmigo en el río donde en una huerta vi a mi amo en gran recuesta[135] con dos rebozadas mujeres, al parecer, de las que en aquel lugar no hacen falta,[136] antes muchas tienen por estilo de irse a las mañanicas del verano a refrescar y almorzar, sin llevar qué, por aquellas frescas riberas, con confianza que no ha de faltar quien se lo dé, según las tienen puestas en esta costumbre aquellos hidalgos del lugar.

Y como digo, él estaba en ellas hecho un Macías,[137] diciéndoles más dulzuras [que las] que Ovidio escribió. Pero como sintieron de

---

[133] *...por la negra que llaman honra...* Entiéndase *por la maldita honra.*
[134] Estancamiento de agua. Metafóricamente, retención de algo.
[135] *Recuesta:* requerimiento, solicitación amorosa.
[136] *No hacen falta:* abundan.
[137] Macías, famoso trovador del siglo XIV.

él que estaba muy enternecido, no se les hizo de vergüenza pedirle de almorzar con el acostumbrado pago. [A] él, sintiéndose tan frío de bolsa, cuanto caliente del estómago, le tomó tal calofrío, que le robó la calor del gesto, y comenzó a turbarse en la plática, y a poner excusas no validas.[138] Ellas, que debían ser bien instituidas, como le sintieron la enfermedad, le dejaron para el que era.

Yo, que estaba comiendo ciertos tronchos de berzas, con las cuales me desayuné, con mucha diligencia como mozo nuevo, sin ser visto de mi amo torné a casa, de la cual pensé barrer alguna parte, que bien era menester, mas no hallé con qué. Me puse a pensar qué haría, y me pareció esperar a mi amo hasta que el día demediase y viniese, y por ventura trajese algo que comiésemos; mas en vano fue mi esperanza desque[139] vi ser las dos y que no venía y que la hambre me aquejaba. Cierro mi puerta y pongo la llave donde mandó, y torno a mi menester.

Con baja y enferma voz e inclinadas mis manos en los senos, y puesto Dios ante mis ojos, y la lengua en su nombre, comienzo a pedir pan por las puertas y casas más grandes que me parecía; mas como yo este oficio le hubiese mamado en la leche, quiero decir, con el gran maestro el ciego lo aprendí, tan suficiente discípulo salí, que aunque en este pueblo no hubiese caridad ni el año fuese muy abundante, tan buena maña me di, que antes que el reloj diese las cuatro, ya yo tenía otras tantas libras de pan ensiladas[140] en el cuerpo, y más de otras dos en las mangas y senos. Me volví a la posada, y al pasar por la tripería pedí a una de aquellas mujeres, y me dio un pedazo de uña de vaca con otras pocas de tripas cocidas.

---

[138] *Validas,* debe pronunciarse grave, no esdrújula, como hoy.
[139] Ver nota 118 de este tratado.
[140] Puestas, guardadas, como el trigo se guarda en silos.

Cuando llegué a casa, ya el bueno de mi amo estaba en ella, doblada su capa y puesta en el poyo, y él paseándose por el patio. Como entré, se vino para mí. Pensé que me quería reñir la tardanza, mas mejor lo hizo Dios. Me preguntó de dónde venía. Yo le dije:

—Señor, hasta que dieron las dos estuve aquí y de que vi que Vuestra Merced no venía, me fui por esa ciudad a encomendarme a las buenas gentes, y me han dado esto que veis.

Le mostré el pan y las tripas que en un cabo del halda traía, a lo cual él mostró buen semblante, y dijo:

—Pues te he esperado a comer, y de que vi [que] no viniste, comí. Mas tú haces como hombre de bien en eso, que más vale pedirlo por Dios, que no hurtarlo. Y así Él me ayude como ello me parece bien, y solamente te encomiendo [que] no sepan que vives conmigo, por lo que toca a mi honra, aunque bien creo que será secreto, según lo poco que en este pueblo soy conocido. ¡Nunca a él yo hubiera de venir!

—De eso pierda, señor, cuidado —le dije yo—, que maldito aquel que ninguno tiene de pedirme esta cuenta, ni yo de darla.

—Ahora, pues, come, pecador, que si a Dios place, presto nos veremos sin necesidad, aunque te digo que después que en esta casa entré, nunca bien me ha ido. Debe ser de mal suelo, que haya casas desdichadas, y de mal pie, que a los que viven en ella pegan la desdicha. Esta debe ser sin duda una de ellas, mas yo te prometo [que], acabado el mes, no quede en ella, aunque me la den por mía.

Me senté al cabo del poyo, y porque no me tuviese por glotón, callé la merienda,[141] y comienzo a cenar y morder en mis tripas y pan. Disimuladamente miraba al desventurado señor mío, que

---

[141] *Callé la merienda:* Lázaro se propone ocultar las dos libras de pan que había comido al mediodía.

no partía sus ojos de mis haldas, que a aquella sazón servían de plato. Tanta lástima haya Dios de mí como yo había de él, porque sentí lo que sentía, y muchas veces había por ello pasado y pasaba cada día. Pensaba si sería bien comedirme a convidarle; mas por haberme dicho que había comido, me temía [que] no aceptaría el convite.

Finalmente, yo deseaba que aquel pecador ayudase a su trabajo del mío, y se desayunase como el día antes hizo, pues había mejor aparejo, por ser mejor la vianda y menos mi hambre. Quiso Dios cumplir mi deseo, y aun pienso que el suyo, porque como comencé a comer, él se andaba paseando, y se llegó a mí, y me dijo:

—Te digo, Lázaro, que tienes en comer la mejor gracia que en mi vida vi a hombre, y que nadie te lo verá hacer que no le pongas gana, aunque no la tenga.

"La muy buena que tú tienes", dije yo entre mí, "te hace parecer la mía hermosa."

Con todo, me pareció ayudarle, pues se ayudaba, y me abría camino para ello, y le dije:

—Señor, el buen aparejo hace buen artífice. Este pan está sabrosísimo, y esta uña de vaca tan bien cocida y sazonada, que no habrá a quien no convide con su sabor.

—¿Uña de vaca es?

—Sí, señor.

—Te digo que es el mejor bocado del mundo, y que no hay faisán que así me sepa.

—Pues pruebe, señor, y verá que tal está.

Le pongo en las uñas la otra y tres o cuatro raciones de pan de lo más blanco. Se sentó al lado y comienza a comer, como aquel que lo había gana, royendo cada huesecillo de aquellos mejor que un galgo suyo lo hiciera.

—Con almodrote[142] —decía—, es este singular manjar.

—Con mejor salsa lo comes tú —respondí yo paso.

—Por Dios que me ha sabido como si no hubiera hoy comido bocado.

"Así me vengan los buenos años como es ello", dije yo entre mí. Me pidió el jarro del agua, y se lo di como lo había traído. Es señal que, pues no le faltaba el agua, que no le había sobrado a mi amo la comida.

Bebimos y, muy contentos, nos fuimos a dormir como la noche pasada; y por evitar prolijidad, de esta manera estuvimos ocho o diez días, yéndose el pecador en la mañana con aquel continente y paso contado a papar aire por las calles, teniendo en el pobre Lázaro una cabeza de lobo.[143] Contemplaba yo muchas veces mi desastre, que escapando de los amos ruines que había tenido, y buscando mejoría, viniese a topar con quien no solo no me mantuviese, mas a quien yo había de mantener.

Con todo, lo quería bien, con ver que no tenía ni podía más, y antes le había lástima que enemistad, y muchas veces por llevar a la posada con que él pasase, yo lo pasaba mal, porque una mañana, levantándose el triste en camisa, subió a lo alto de la casa a hacer sus menesteres, y en tanto yo por salir de sospecha, desenvolví el jubón y las calzas que a la cabecera dejó, y hallé una bolsilla de terciopelo raso hecha cien dobleces, y sin maldita la blanca ni señal que la hubiese tenido mucho tiempo.

"Este", decía yo, "es pobre, y nadie da lo que no tiene; más el avariento ciego y el mal aventurado mezquino clérigo, que con

---

[142] Salsa para sazonar.

[143] Cuando alguien mataba un lobo, acostumbraba llevar la cabeza como trofeo a la gente que tenía ganado, para que le dieran recompensa. El escudero se sirve de Lázaro para poder comer.

dárselo Dios a ambos, al uno de mano besada y al otro de lengua suelta, me mataban de hambre; aquellos es justo desamar, y aqueste es de haber mancilla."[144]

Dios es testigo que hoy día, cuando topo con alguno de su hábito con aquel paso y pompa, le he lástima con pensar si padece lo que a aquel le vi sufrir, al cual con toda su pobreza holgaría servir más que a los otros por lo que he dicho. Solo tenía de él un poco de descontento, que quisiera yo que no tuviera tanta presunción, mas que abajara un poco su fantasía con lo mucho que subía su necesidad; mas, según me parece, es regla ya entre ellos usada y guardada. Aunque no haya cornado en trueco[145] ha de andar el birrete[146] en su lugar. El Señor lo remedie, que ya con este mal han de morir.

Pues estando ya en tal estado, pasando la vida que digo, quiso mi mala fortuna, que de perseguirme no era satisfecha, que en aquella trabajada y vergonzosa vivienda no durase. Y fue, como el año en esta tierra fuese estéril de pan, [que] acordaron en ayuntamiento que todos los pobres extranjeros se fuesen de la ciudad, con pregón, que el que de allí adelante topasen fuese punido[147] con azotes. Y así, ejecutando la ley desde a cuatro días que el pregón se dio, vi llevar una procesión de pobres azotando por las cuatro calles,[148] lo cual me puso tan gran espanto, que nunca osé desmandarme a demandar.[149]

---

[144] Lástima.

[145] *Cornado:* conjunto de monedas de escaso valor (morralla) que se utilizaba para dar el cambio *(trueco).*

[146] El birrete era parte importante de la vestimenta de los hidalgos y una de las expresiones de su posición social. Lázaro quiere significar que aunque el escudero estuviera en la miseria, tenía que mantener las apariencias.

[147] Castigado.

[148] Entre la Catedral y el Zocodover. Era zona habitada por judíos.

[149] Pedir limosna.

Aquí viera, quien verlo pudiera, la abstinencia de mi casa y la tristeza y silencio de los moradores de ella, tanto que nos acaeció estar dos o tres días sin comer bocado ni hablar palabra. A mí me dieron la vida unas mujercillas hilanderas de algodón, que hacían botones y vivían par[150] de nosotros, con las cuales yo tuve vecindad y conocimiento, que de la laceria que les traían me daban alguna cosilla, con la cual muy pasado[151] me pasaba.

Y yo no tenía tanta lástima de mí como del lastimado de mi amo, que en ocho días maldito el bocado que comió. A lo menos en casa, bien lo estuvimos sin comer. No sé yo cómo o dónde andaba y qué comía. Y verle venir a mediodía la calle abajo con estirado cuerpo, más largo que galgo de buena casta, y por lo que tocaba a su negra, que dicen, honra, tomaba una paja, de las que aún asaz[152] no había en casa, y salía a la puerta escarbando los dientes, que nada entre sí tenían, quejándose todavía de aquel mal solar, diciendo:

—Malo está de ver, que la desdicha de esta vivienda lo hace. Como ves, es lóbrega, triste, oscura. Mientras aquí estuviéremos, hemos de padecer, ya deseo que se acabe este mes por salir de ella.

Pues estando en esta afligida y hambrienta persecución, un día, no sé por cuál dicha o ventura, en el pobre poder de mi amo entró un real, con el cual vino a casa tan ufano como si tuviera el tesoro de Venecia,[153] y con rostro muy alegre y risueño me lo dio, diciendo:

—Toma, Lázaro, que ya Dios va abriendo su mano. Ve a la plaza y merca pan, vino y carne. Quebremos el ojo al diablo;[154] y más

---

[150] Junto a.

[151] *Pasado:* como la fruta seca.

[152] Bastante.

[153] Tesoro de Venecia, colección artística famosa que data del siglo XII.

[154] *Quebrar un ojo al diablo:* frase proverbial que indica que al marchar bien las cosas, se hace sufrir al diablo.

te hago saber, porque te huelgues: que he alquilado otra casa, y en esta desastrada no hemos de estar más de en cumpliendo el mes. Maldita sea ella, y el que en ella puso la primera teja, que con mal en ella entré. Por nuestro Señor, cuanto ha que en ella vivo, gota de vino ni bocado de carne no he comido, ni he habido descanso ninguno; mas tal vista tiene y tal oscuridad y tristeza. Ve y ven presto y comamos hoy como condes.

Tomo mi real y el jarro, y a los pies dándoles prisa, comienzo a subir mi calle, encaminando mis pasos para la plaza muy contento y alegre. Mas ¿qué me aprovecha si está constituido en mi triste fortuna que ningún gozo me venga sin zozobra? Y así fue este, porque yendo la calle arriba, echando mi cuenta en lo que emplearía mi real, que fuese mejor y más provechosamente gastado, dando infinitas gracias a Dios, que a mi amo había hecho con dinero, a deshora me vino al encuentro un muerto, que por la calle abajo muchos clérigos y gente en unas andas traían. Me arrimé a la pared por darles lugar, y desque el cuerpo pasó venía luego a par del lecho una que debía ser su mujer del difunto, cargada de luto, y con ella otras muchas mujeres, la cual iba llorando a grandes voces, y diciendo:

—Marido y señor mío, ¿a dónde os me llevan? ¡A la casa triste y desdichada, a la casa lóbrega y oscura, a la casa donde nunca comen ni beben!

Yo, que aquello oí, se me juntó el cielo con la tierra, y dije: "¡Oh, desdichado de mí! Para mi casa llevan este muerto". Dejo el camino que llevaba, y hendí por [en] medio de la gente, y vuelvo por la calle abajo a todo el más correr que pude para mi casa y entrando en ella cierro a grande prisa, invocando el auxilio y favor de mi amo, abrazándome a él, que me venga a ayudar y a defender la entrada. El cual algo alterado, pensando que fuese otra cosa, me dijo:

—¿Qué es eso, mozo? ¿Qué voces das? ¿Qué has? ¿Por qué cierras la puerta con tal furia?

—Oh, señor —dije yo—, acuda aquí, que nos traen un muerto.

—¿Cómo así? —respondió él.

—Aquí arriba le encontré, y venía diciendo su mujer: "Marido y señor mío, ¿adónde os llevan? ¡A la casa lóbrega y oscura, a la casa triste y desdichada, a la casa donde nunca comen ni beben!". Acá, señor, nos lo traen.

Y ciertamente cuando mi amo oyó esto, aunque no tenía por qué estar muy risueño, rió tanto, que muy gran rato estuvo sin poder hablar. En este tiempo tenía yo echada el aldaba a la puerta y puesto el hombro en ella por más defensa. Pasó la gente con su muerto, y yo todavía me recelaba que nos lo habían de meter en casa; y desque fue ya más harto de reír que de comer, el bueno de mi amo me dijo:

—Verdad es, Lázaro, según la viuda lo va diciendo. Tú tuviste razón en pensar lo que pensaste; mas, pues Dios lo ha hecho mejor, y pasan adelante, abre, abre, y ve por [algo] de comer.

—Déjeles, señor, [que] acaben de pasar la calle —dije yo.

Al fin vino mi amo a la puerta de la calle, y ábrela esforzándome, que bien era menester según el miedo y alteración, y me tornó a encaminar. Mas aunque comimos bien aquel día, maldito el gusto [que] yo tomaba en ello, ni en aquellos tres días torné en mi color, y mi amo muy risueño todas las veces que se le acordaba aquella mi consideración.

De esta manera estuve con mi tercer y pobre amo, que fue este escudero, algunos días, y en todos deseando saber la intención de su venida y estada en esta tierra; porque desque el primer día que con él asenté, le conocí ser extranjero, por el poco conocimiento y trato que con los naturales de ella tenía. Al fin se cumplió mi deseo, y supe lo que deseaba; porque un día que habíamos comido razonablemente, y estaba algo contento, me contó su hacienda, y me dijo ser de Castilla la Vieja, y que había dejado su tierra no más de por no quitar el bonete a un caballero su vecino.[155]

—Señor —dije yo—, si él era lo que decís, y tenía más que vos, no errabas en quitárselo primero, pues decís que él también os lo quitaba.

—Sí es, y sí tiene, y también me lo quitaba él a mí, mas de cuantas veces yo se lo quitaba primero, no fuera malo comedirse él alguna, y ganarme por la mano.

—Paréceme, señor —le dije yo—, que en eso no mirara, mayormente con mis mayores que yo, y que tienen más.

—Eres muchacho —me respondió—, y no sientes las cosas de la honra, en que el día de hoy está todo el caudal de los hombres de bien, pues te hago saber que yo soy, como ves, un escudero; mas voto a Dios[156] [que] si al conde topo en la calle, y no me quita muy bien quitado del todo el bonete, que otra vez que venga, me sepa yo entrar en una casa, fingiendo yo en ella algún negocio o atravesar otra calle si la hay, antes que llegue a mí, por no quitárselo, que un hidalgo no debe a otro que a Dios y al rey nada, ni es justo, siendo hombre de bien, se descuide un punto de tener en mucho su persona. Me acuerdo que un día deshonré en mi tierra a un oficial, y quise poner en él las manos, porque cada vez que me topaba me decía: "Mantenga Dios a Vuestra Merced". "Vos, don villano ruin", le dije yo, "¿por qué no sois bien criado? Manténgaos Dios, me habéis de decir, como si fuese quien quiera?". De allí [en] adelante, de aquí acullá me quitaba el bonete, y hablaba como debía.

---

155 Por no querer quitarse el sombrero ante un vecino para saludarlo.
156 *¡Juro a Dios!* De este modo se caracteriza al hidalgo, ya que muchos nobles tenían gala el salpicar sus frases con juramentos de esta clase.

—¿Y no es buena manera de saludar un hombre a otro, dije yo, decirle que le mantenga Dios?[157]

—¡Mirad mucho de enhoramala! —dijo él—. A los hombres de poca arte[158] dicen eso, mas a los más altos como yo, no les han de hablar menos de: "Beso las manos de Vuestra Merced", o por lo menos, "Os beso, señor, las manos", si el que me habla es caballero. Y así, aquel de mi tierra, que me atestaba de mantenimiento, nunca más le quise sufrir, ni sufriría ni sufriré a hombre del mundo, del rey abajo que "Mantengaos Dios" me diga.

"Pecador de mí", dije yo, "por eso tiene tan poco cuidado de mantenerse, pues no sufre que nadie se lo ruegue."

—Mayormente —dijo— que no soy tan pobre que no tengo en mi tierra un solar de casas, que a estar ellas en pie y bien labradas, diez y seis leguas de donde nací, en aquella costanilla[159] de Valladolid, valdrían más de doscientos mil maravedís, según se podrían hacer grandes y buenas. Y tengo un palomar que, a no estar derribado como está, daría cada año más de doscientos palominos, y otras cosas que me callo, que dejé por lo que tocaba a mi honra. Y vine a esta ciudad pensando que hallaría un buen asiento, mas no me ha sucedido como pensé.

"Canónigos y señores de la Iglesia muchos hallo; mas es gente tan limitada, que no los sacará de su paso todo el mundo. Caballeros de media talla también me ruegan; mas servir a estos es gran trabajo, porque de hombre os habéis de convertir en malilla, y si no, andad con Dios, os dicen, y las más veces, son los pagamentos a largos plazos, y las más ciertas, comido por servido. Ya cuando

---

[157] *Mantenga Dios:* El mantenga Dios era considerado en el siglo XVI fórmula de saludo entre plebeyos.

[158] De baja clase social.

[159] *Costanilla:* callecita estrecha y pendiente.

quieren formar conciencia, y satisfaceros vuestros sudores, sois librado en la recámara,[160] en un sudado jubón, o raída capa o sayo.

"Ya cuando asienta hombre con un señor de título, todavía pasa su laceria, pues por ventura no hay en mí habilidad para servir y contentar a estos. Por Dios, si con él topase, muy gran su privado pienso que fuese, y que mil servicios le hiciese porque sabría mentirle también como otro, y agradarle a las mil maravillas; reírle ya mucho sus donaires y costumbres, aunque no fuesen las mejores del mundo; nunca decirle cosa con que le pesase, aunque mucho le cumpliese; ser muy diligente en su persona en dicho y hecho; no matarme por no hacer bien las cosas que él no había de ver, y ponerme a reñir donde él lo oyese con la gente de servicio, porque pareciese tener gran cuidado de lo que a él tocaba.

"Si riñe con algún criado suyo, dar unos puntillos agudos para encenderle la ira, y que pareciesen en favor del culpado; decirle bien de lo que bien le estuviese; y por el contrario, ser malicioso, mofador, malsinar[161] a los de casa y a los de fuera, pesquisar y procurar de saber vidas ajenas para contárselas, y otras muchas galas de esta calidad, que hoy día se usan en palacio, y a los señores de él parecen bien, y no quieren ver en sus casas hombres virtuosos, antes los aborrecen y tienen en poco y llaman necios, y que no son personas de negocios, ni con quien el señor se puede descuidar, y con estos, los astutos usan, como digo, el día de hoy, de lo que yo usaría. Mas no quiere mi ventura que le halle". De esta manera lamentaba también su adversa fortuna mi amo, dándome relación de su persona valerosa.

Pues, estando en esto, entró por la puerta un hombre y una vieja: el hombre le pide el alquiler de la casa, y la vieja el de la cama;

---

[160] Pagados con ropa usada, de la que se guarda en la recámara.
[161] Delatar y también calumniar. Chismorrear.

hacen cuenta y de dos en dos meses le alcanzaron[162] lo que él en un año no alcanzara.[163] Pienso que fueron doce o trece reales; y él les dio muy buena respuesta, que saldría a la plaza a trocar una pieza de a dos,[164] y que a la tarde volviesen; mas su salida fue sin vuelta. Por manera que a la tarde ellos volvieron, mas fue tarde.

Yo les dije que aún no era venido. Venida la noche, y él no, yo hube miedo de quedar en casa solo, y me fui a las vecinas, y les conté el caso, y allí dormí. Venida la mañana, los acreedores vuelven y preguntan por el vecino; mas a esa otra puerta. Las mujeres le responden:

—Veis aquí su mozo y la llave de la puerta.

Ellos me preguntaron por él, y les dije que no sabía a dónde estaba, y que tampoco había vuelto a casa desde que salió a trocar la pieza, y pensaba que de mí y de ellos se había ido con el trueco. De que esto me oyeron, van por un alguacil y un escribano, y helos donde vuelven luego con ellos y toman la llave, y me llaman y llaman testigos, y abren la puerta y entran a embargar la hacienda de mi amo hasta ser pagados de su deuda. Anduvieron toda la casa y la hallaron desembarazada, como he contado, y me dicen:

—¿Qué es de la hacienda de tu amo, sus arcas y paños de pared y alhajas de casa?

—No sé yo eso —les respondí.

—Sin duda —dicen ellos—, esta noche lo deben de haber alzado y llevado a alguna parte. Señor alguacil, prended a este mozo, que él sabe a dónde está.

En esto vino el alguacil y me echó mano por el cuello del jubón, diciendo:

---

162 Calcularon lo que les adeudaba.
163 Ganara.
164 Moneda de oro que equivalía a treinta reales.

—Muchacho, tú eres preso si no descubres los bienes de este tu amo.

Yo como en otra tal no me hubiese visto, porque asido del cuello había sido muchas veces, mas era mansamente de él[165] trabado, para que mostrase el camino al que no veía, yo hube mucho miedo, y llorando prometí de decir lo que me preguntaban.

—Bien está —dicen ellos—, pues di lo que sepas, y no hayas temor.

Se sentó el escribano en un poyo para escribir el inventario, preguntándome qué tenía.

—Señores —dije yo—, lo que este mi amo tiene, según él me dijo, es un muy buen solar de casas y un palomar derribado.

—Bien está —dicen ellos—, por poco que eso valga hay para entregarnos de la deuda. ¿Y en qué parte de la ciudad tiene eso? —me preguntaron.

—En su tierra —les respondí yo.

—Por Dios, que está bueno el negocio —dijeron ellos—. ¿Ya dónde es su tierra?

—Él me dijo que era de Castilla la Vieja —les dije.

Se rieron mucho el alguacil y el escribano, diciendo:

—Bastante relación es esta para cobrar vuestra deuda, aunque mejor fuese.

Las vecinas que estaban presentes dijeron:

—Señores, este es un niño inocente, y hace pocos días que está con este escudero, y no sabe de él más que vuestras mercedes, sino cuanto el pecadorcillo se llega aquí a nuestra casa, y le damos de comer lo que podemos por amor de Dios, y a las noches se iba a dormir con él.

---

[165] Se refiere al ciego.

Vista mi inocencia, me dejaron, dándome por libre. Y el alguacil y escribano piden al hombre y a la mujer sus derechos, sobre lo cual tuvieron gran contienda y ruido, porque ellos alegaron no ser obligados a pagar, pues no había de qué, ni se hacía el embargo. Los otros decían que habían dejado de ir a otro negocio, que les importaba más, por venir a aquel. Finalmente, después de dadas muchas voces, al cabo carga un porquerón[166] con el viejo alfamar[167] de la vieja, y aunque no iba muy cargado, allá van todos cinco dando voces. No sé en qué paró. Creo yo que el pecador alfamar pagara por todos, y bien se empleaba, pues el tiempo que había de reposar y descansar de los trabajos pasados se andaba alquilando.

Así como he contado, me dejó mi pobre tercer amo, donde acabé de conocer mi ruin dicha, pues. señalándose todo lo que podía contra mí, hacía mis negocios tan al revés, que los amos que suelen ser dejados de los mozos, en mí no fuese así; mas que mi amo me dejase y huyese de mí.

---

[166] *Porquerón:* ministro interior de justicia. Agente.
[167] Alfombra, manta.

Cómo Lázaro se asentó con un fraile de la Merced, y lo que le acaeció con él.

Hube de buscar el cuarto, y este fue un fraile de la Merced,[168] que las mujercillas que digo me encaminaron, al cual ellas le llamaban pariente, gran enemigo del coro y de comer en el convento, perdido por andar fuera, amicísimo de negocios seglares y visitas, tanto que pienso que rompía él más zapatos que todo el convento. Este me dio los primeros zapatos que rompí en mi vida; mas no me duraron ocho días, ni yo pude con su trote durar más. Y por esto, y por otras cosillas que no digo, salí de él.

---

[168] El último monasterio de frailes mendicantes de Santa Catarina de nuestra Señora de la Merced y Redención de cautivos.

TRATADO QUINTO

✿

Cómo Lázaro se asentó con un buldero,[169] y de las cosas que con él pasó.

En el quinto por mi ventura di, que fue un buldero, el más desenvuelto y desvergonzado, y el mayor echador de ellas[170] que jamás yo vi, ni ver espero ni pienso [que] nadie vio, porque tenía y buscaba modos y maneras y muy sutiles invenciones.

En entrando en los lugares donde habían de presentar la bula,[171] primero presentaba[172] a los clérigos o curas algunas cosillas, no tampoco de mucho valor ni sustancia: una lechuga murciana, si era por el tiempo, un par de limas o naranjas, un melocotón, un par de duraznos, cada sendas peras verdiñales.[173] Así procuraba tenerlos propicios, porque favoreciesen su negocio y llamasen a sus feligreses a tomar la bula.

Ofreciéndosele a él las gracias, se informaba de la suficiencia de ellos. Si decían que entendían, no hablaba palabra en latín, por no dar tropezón; mas se aprovechaba de un gentil y bien cortado romance y muy desenvuelta lengua. Y si sabía que los dichos clérigos eran de los reverendos, digo que más con dinero que con letras y con reverendas[174] se ordenan, se hacía entre ellos un Santo Tomás,

---

169 Predicadores y vendedores de las bulas y las indulgencias papales.
170 Se refiere a las bulas e indulgencias.
171 Predicar un sermón en que se explica qué es y para qué sirve la bula.
172 Hacía presentes, regalaba.
173 Peras verdiñales: las que, aun maduras, conservan la piel verde.
174 *Reverendas:* cartas de recomendación dadas por altas autoridades eclesiásticas.

y hablaba dos horas en latín, a lo menos que lo parecía, aunque no lo era. Cuando por bien no le tomaban las bulas, buscaba cómo por mal se las tomasen, y para aquello hacía molestias al pueblo, y otras veces, con mañosos artificios; y porque todos los que le veía hacer sería largo de contar, diré uno muy sutil y donoso, con el cual probaré bien su suficiencia.

En un lugar de La Sagra de Toledo había predicado dos o tres días, haciendo sus acostumbradas diligencias, y no le habían tomado bula, ni, a mi ver, tenían intención de tomársela. Estaba dado al diablo con aquello, y pensando qué hacer, se acordó de convidar al pueblo para otro día de mañana despedir la bula. Y esa noche, después de cenar, se pusieron a jugar la colación[175] él y el alguacil, y sobre el juego vinieron a reñir y a haber malas palabras. Él llamó al alguacil ladrón, y el otro a él falsario. Sobre esto el señor comisario, mi señor, tomó un lanzón, que en el portal donde jugaban estaba. El alguacil puso mano a su espada que en la cinta tenía.

Al ruido y voces que todos dimos, acuden los huéspedes y vecinos, y se meten en medio, y ellos, muy enojados, procurándose desembarazar de los que en medio estaban, para matarse; mas como la gente al gran ruido cargase, y la casa estuviese llena de ella, viendo que no podían afrentarse con las armas, se decían palabras injuriosas, entre las cuales el alguacil dijo a mi amo que era falsario, y las bulas que predicaba eran falsas. Finalmente, que los del pueblo, viendo que no bastaban a ponerlos en paz, acordaron de llevar al alguacil de la posada a otra parte. Y así quedó mi amo muy enojado, y después que los huéspedes y vecinos le hubieron rogado que perdiese el enojo y se fuese a dormir, así nos echamos todos.

---

175 Comida después de la cena.

La mañana venida, mi amo se fue a la iglesia y mandó tañer a misa y al sermón para despedir la bula. Y el pueblo se juntó, el cual andaba murmurando de las bulas, diciendo cómo eran falsas, y que el mismo alguacil, riñendo, lo había descubierto. De manera que atrás que tenían mala gana de tomarla, con aquello del todo la aborrecieron.

El señor comisario se subió al púlpito y comienza su sermón y a animar [a] la gente a que no quedasen sin tanto bien e indulgencia como la santa bula traía. Estando en lo mejor del sermón, entra por la puerta de la iglesia el alguacil, y, desque hizo oración, se levantó y con voz alta y pausada, cuerdamente comenzó a decir:

—Buenos hombres, oídme una palabra, que después oiréis a quien quisiéredes. Yo vine aquí con este echacuervo[176] que os predica, el cual me engañó, y dijo que le favoreciese en este negocio, y que partiríamos la ganancia, y ahora visto el daño que haría a mi conciencia y a vuestras haciendas, arrepentido de lo hecho, os declaro claramente que las bulas que predica son falsas, y que no le creáis ni las toméis, y que yo, *directe* ni *indirecte*,[177] no soy parte en ellas, y que desde ahora dejo la vara[178] y doy con ella en el suelo. Y si en algún tiempo este fuera castigado por la falsedad, que vosotros me seáis testigos cómo yo no soy con él, ni le doy a ello ayuda, antes os desengaño y declaro su maldad.

Y acabó su razonamiento. Algunos hombres honrados que allí estaban se quisieron levantar y echar al alguacil fuera de la iglesia por evitar escándalo; mas mi amo fue a la mano y mandó a todos que so pena de excomunión no le estorbasen, mas que le dejasen decir todo lo que quisiese. Y así él también tuvo silencio mientras

---

[176] El que engaña a los simples con embelecos y mentiras.
[177] Del latín, directa ni indirectamente.
[178] *Dejo la vara:* se refiere a la vara de la justicia, signo de autoridad.

el alguacil dijo todo lo que he dicho. Como calló, mi amo le preguntó que si quería decir más, que lo dijese. El alguacil dijo:

—Harto más hay que decir de vos y de vuestra falsedad; mas por ahora basta.

El señor comisario se hincó de rodillas en el púlpito, y puestas las manos y la mirada en el cielo, dijo así:

—Señor Dios, a quien ninguna cosa es escondida, antes todas manifiestas, y a quien nada es imposible, antes todo posible, tú sabes la verdad, y cuán injustamente yo soy afrentado. En lo que a mí toca, yo le perdono, porque tú, Señor, me perdones. No mires a aquel que no sabe lo que hace ni dice; mas la injuria a ti hecha, te suplico, y por justicia te pido, no disimules, porque alguno que está aquí, que tal vez pensó tomar aquesta santa bula, dando crédito a las falsas palabras de aquel hombre, lo dejará de hacer. Y pues es tanto perjuicio del prójimo, te suplico, yo, Señor, no lo disimules, mas luego muestra aquí milagro, y sea de esta manera: que si es verdad lo que aquel dice, y que yo traigo maldad y falsedad, este púlpito se hunda conmigo, y meta siete estados[179] debajo de tierra donde él ni yo jamás parezcamos. Y si es verdad lo que yo digo, y aquel, persuadido del demonio, por quitar y privar a los que están presentes de tan gran bien, dice maldad, también sea castigado y de todos conocida su malicia.

Apenas había acabado su oración el devoto señor mío, cuando el negro alguacil cae de su estado, y da tan gran golpe en el suelo, que la iglesia toda hizo resonar, y comenzó a bramar y echar espumarajos por la boca, y a torcerla y hacer visajes con el gesto, dando de pie y de mano, revolviéndose por aquel suelo a una parte y a otra. El estruendo y voces de la gente eran tan grandes, que no se

---

[179] Un estado era una medida de longitud equivalente a la estatura de una persona.

oían unos a otros. Algunos estaban espantados y temerosos. Unos decían:

—¡El Señor le socorra y valga!

Otros:

—¡Bien se le emplea, pues levantaba tan falso testimonio!

Finalmente, algunos que allí estaban, y a mi parecer no sin harto temor, se llegaron y le trabaron de los brazos, con los cuales daba fuertes puñadas a los que cerca de él estaban. Otros le tiraban por las piernas y tuvieron reciamente, porque no había mula falsa[180] en el mundo que tan recias coces tirase. Y así le tuvieron un gran rato, porque más de quince hombres estaban sobre él, y a todos daba las manos llenas y, si se descuidaban, en los hocicos.

A todo esto, el señor mi amo estaba en el púlpito de rodillas, las manos y los ojos puestos en el cielo, transportado en la divina esencia, que el planto[181] y ruido y voces que en la iglesia había no eran parte para apartarle de su divina contemplación.

Aquellos buenos hombres llegaron a él, y dando voces le despertaron y le suplicaron quisiese socorrer a aquel pobre que estaba muriendo, y que no mirase a las cosas pasadas, ni a sus dichos malos, pues ya de ellos tenía el pago; mas si en algo podía aprovechar para librarle del peligro y pasión que padecía, por amor de Dios lo hiciese, pues ellos veían clara la culpa del culpado y la verdad y bondad suya, pues a su petición y venganza el Señor no alargó el castigo.

El señor comisario, como quien despierta de un dulce sueño, los miró y miró al delincuente y a todos los que alrededor estaban, y muy pausadamente les dijo:

---

180 Mula falsa: mula brava.
181 Llanto (latinismo).

—Buenos hombres, vosotros nunca habíades de rogar por un hombre en quien Dios tan señaladamente se ha señalado. Mas pues él nos manda que no volvamos mal por mal y perdonemos las injurias, con confianza podremos suplicarle que cumpla lo que nos manda, y Su Majestad perdone a este que le ofendió poniendo en su santa fe obstáculos. Vamos todos a suplicarle.

Y, así, bajó del púlpito y encomendó aquí muy devotamente suplicasen a nuestro Señor tuviese por bien de perdonar a aquel pecador y volverle en su salud y sano juicio, y lanzar de él el demonio, si Su Majestad había permitido que por su gran pecado en él entrase.

Todos se hincaron de rodillas, y delante del altar con los clérigos comenzaban a cantar con voz baja una letanía, y viniendo él con la cruz y agua bendita, después de haber sobre él cantado, el señor mi amo, puestas las manos al cielo, y los ojos que casi nada se le parecía sino un poco de blanco, comienza una oración no menos larga que devota, con la cual hizo llorar a toda la gente como suelen hacer en los sermones de Pasión, de predicador y auditorio devoto, suplicando a nuestro Señor (pues no quería la muerte del pecador, sino su vida y arrepentimiento) que [a] aquel (encaminado por el demonio y persuadido de la muerte y pecado) le quisiese perdonar y dar vida y salud, para que se arrepintiese y confesase sus pecados.

Y esto hecho, mandó traer la bula y se la puso en la cabeza, y luego el pecador del alguacil comenzó poco a poco a estar mejor y a tornar en sí, y después fue bien vuelto en su acuerdo, se echó a los pies del señor comisario, y demandándole perdón, confesó haber dicho aquello por la boca y mandamiento del demonio, lo uno por hacer a él daño y vengarse del enojo, lo otro y más principal, porque el demonio recibía mucha pena del bien que allí se hiciera en tomar la bula. El señor mi amo le perdonó, y fueron hechas las amistades entre ellos, y a tomar la bula hubo tanta prisa, que casi ánima viviente en el lugar no quedó sin ella: marido y mujer, e hijos e hijas, mozos y mozas

Se divulgó la nueva de lo acaecido por los lugares comarcanos, y cuando a ellos llegábamos no era menester sermón ni ir a la iglesia, que a la posada la venían a tomar como si fueran peras que se dieran de balde. De manera que en diez o doce lugares de aquellos alrededores donde fuimos, echó el señor mi amo otras tantas mil bulas sin predicar sermón. Cuando él hizo el ensayo,[182] confieso mi pecado, que también fui de ello espantado, y creí que así era, como otros muchos. Mas con ver después la risa y burla que mi amo y el alguacil llevaban y hacían del negocio, conocí cómo había sido industriado por el industrioso e inventiva de mi amo.

(Ver la segunda interpolación de la edición de Alcalá al final de este tratado.)

Y aunque muchacho, me cayó mucho en gracia, y dije entre mí: "¡Cuántas de estas deben de hacer estos burladores entre la inocente gente!". Finalmente, estuve con este mi quinto amo cerca de cuatro meses, en los cuales pasé también hartas fatigas *(Ver la tercera interpolación de la edición de Alcalá al final de este tratado).*

Segunda interpolación

Nos acaeció en otro lugar, el cual no quiero nombrar por su honra, lo siguiente, y fue que mi amo predicó dos o tres sermones y dó a Dios la bula [que] tomaban Visto por el astuto de mi amo lo que pasaba y que, aunque decía se fiaban por un año, no aprovechaba y que estaban tan rebeldes en tomarla y que su trabajo era perdido, hizo tocar las campanas para despedirse. Y hecho su sermón y despedido desde

---

[182] Engaño.

* Quiere decir que no compraban ni una sola bula.

el púlpito, ya que se quería bajar, llamó al escribano y a mí, que iba cargado con unas alforjas, y nos hizo llegar al primer escalón, y tomó al alguacil las [bulas] que en las manos llevaba y las que yo tenía en las alforjas, las puso junto a sus pies y se volvió a poner en el púlpito con cara alegre y [comenzó a] arrojar desde allí de diez en diez y de veinte en veinte de sus bulas hacia todas partes, diciendo:

—Hermanos míos, tomad, tomad de las gracias que Dios os envía hasta vuestras casas, y no os duela, pues es obra tan pía la redención de los cautivos cristianos que están en tierra de moros. Porque no renieguen [de] nuestra santa fe y vayan a las penas del infierno, siquiera ayudadles con vuestra limosna y con cinco paternostres y cinco avemarías, para que salgan de cautiverio. Y aun también aprovechan para los padres y hermanos y deudos que tenéis en el Purgatorio, como lo veréis en esta santa bula.

Como el pueblo las vio así arrojar, como cosa que se daba de balde y ser venida de la mano de Dios, tomaban a más tomar, aun para los niños de la cuna y para todos sus difuntos, contando desde los hijos hasta el menor criado que tenían, contándolos por los dedos. Nos vimos en tanta prisa, que a mí ain** me acabaran de romper un pobre y viejo sayo que traía, de manera que certifico a V M.*** que en poco más de una hora no quedó bula en las alforjas, y fue necesario ir a la posada por más.

Acabadas de tomar todas, dijo mi amo desde el púlpito a su escribano y al del concejo que se levantasen y, para que se supiese quién [es] eran los que habían de gozar de la santa indulgencia y perdones de la santa bula y para que él diese buena cuenta a quien le había enviado, se escribiesen. Y así luego todos de muy buena voluntad decían las que habían tomado, contando por orden los hijos y criados y difuntos.

** Por poco.
*** Vuestra Merced.

Hecho su inventario, pidió a los alcaldes que por caridad, porque él tenía que hacer en otra parte, mandasen al escribano le diese autoridad del inventario y memoria de las que allí quedaban, que, según decía el escribano, eran más de dos mil. Hecho esto, él se despidió con mucha paz y amor, y así nos partimos de este lugar; y aun, antes que nos partiésemos, fue preguntado él por el teniente cura del lugar y por los regidores si la bula aprovechaba para las criaturas que estaban en el vientre de sus madres, a lo cual él respondió que según las letras que él había estudiado que no, que lo fuesen a preguntar a los doctores más antiguos que él, y que esto era lo que sentía en este negocio.

Y así nos partimos, yendo todos muy alegres del buen negocio. Decía mi amo al alguacil y escribano:

—¿Qué os parece cómo a estos villanos, que con solo decir "cristianos viejos somos", sin hacer obras de caridad, se piensan salvar sin poner nada de su hacienda? Pues, por vida del licenciado Pascasio Gómez, que a su costa se saquen más de diez cautivos.

Y así nos fuimos hasta otro lugar de aquel cabo de Toledo, hacia la Mancha, que se dice, adonde topamos otros más obstinados en tomar bulas. Hechas mi amo y los demás que íbamos nuestras diligencias, en dos fiestas que allí estuvimos no se habían echado treinta bulas. Vista por mi amo la gran perdición y la mucha costa que traía, y el ardideza**** que el sutil de mi amo tuvo para hacer desprender sus bulas, fue que este día dijo la misa mayor, y después de acabado el sermón y vuelto al altar, tomó una cruz que traía de poco más de un palmo, y en un brasero de lumbre que encima del altar había, el cual habían traído para calentarse las manos porque hacía gran frío, le puso detrás del misal sin que nadie mirase en ello, y allí sin decir nada puso la cruz encima [de] la lumbre.

**** La sagacidad.

Y ya que hubo acabado la misa y echada la bendición, la tomó con un pañizuelo, bien envuelta la cruz en la mano derecha y en la otra la bula, y así se bajó hasta la postrera grada del altar, adonde hizo que besaba la cruz, e hizo señal que viniesen [a] adorar la cruz.

Y así vinieron primero los alcaldes y los más ancianos del lugar, viniendo uno a uno como se usa. Y el primero que llegó, que era un alcalde viejo, aunque él le dio a besar la cruz bien delicadamente, se abrasó los rostros y se quitó presto afuera. Lo cual visto por mi amo, le dijo:

—¡Paso quedo, señor alcalde! ¡Milagro!

Y así hicieron otros siete u ocho, y a todos les decía:

—¡Paso, señores! ¡Milagro!

Cuando él vio que los rostriquemados bastaban para testigos del milagro, no la quiso dar más a besar. Se subió al pie del altar y de allí decía cosas maravillosas, diciendo que por la poca caridad que había en ellos había Dios permitido aquel milagro y que aquella cruz había de ser llevada a la santa iglesia mayor de su obispado, que por la poca caridad que en el pueblo había, la cruz ardía. Fue tanta la prisa que hubo en el tomar de la bula, que no bastaban dos escribanos ni los clérigos ni sacristanes a escribir.

Creo de cierto que se tomaron más de tres mil bulas, como tengo dicho a V. M. Después, al partir, él fue con gran reverencia, como es razón, a tomar la santa cruz, diciendo que la había de hacer engastar en oro, como era razón. Fue rogado mucho del concejo y clérigos del lugar [que] les dejase allí aquella santa cruz por memoria del milagro allí acaecido. Él en ninguna manera lo quería hacer y al fin, rogado de tantos, se la dejó, con [lo] que le dieron otra cruz vieja que tenían antigua de plata, que podrá pesar dos o tres libras, según decían.

Y así nos partimos alegres con el buen trueque y con haber negociado bien. En todo no vio nadie lo susodicho sino yo, porque me subí a

LAB CSK-2
03/25/04 #1A

par del altar para ver si había quedado algo en las ampollas,***** para ponerlo en cobro, como otras veces yo lo tenía de costumbre. Y como allí me vio, se puso el dedo en la boca haciéndome señal [de] que callase.

Yo así lo hice porque me cumplía, aunque, después que vi el milagro, no cabía en mí por echarlo fuera, sino que el temor de mi astuto amo no me lo dejaba comunicar con nadie, ni nunca de mí salió, porque me tomó juramento [de] que no descubriese el milagro. Y así lo hice hasta ahora.

Tercera interpolación

...aunque me daba bien de comer a costa de los curas y otros clérigos donde iba a predicar.

***** Recipientes con el vino necesario para oficiar la misa.

TRATADO SEXTO

❧

Cómo Lázaro se asentó con un capellán, y lo que con él pasó.

Después de esto, asenté con un maestro de pintar panderos[183] para molerle las colores, y también sufrí mil males. Siendo ya en este tiempo buen mozuelo, entrando un día en la iglesia mayor, un capellán de ella me recibió por suyo, y me puso en poder un buen asno y cuatro cántaros y un azote, y comencé a echar[184] agua por la ciudad. Este fue el primer escalón que yo subí para venir a alcanzar buena vida, porque mi boca era medida.[185] Daba cada día a mi amo treinta maravedís ganados, y los sábados ganaba para mí, y todo lo demás de entre semana de treinta maravedís.

Me fue tan bien en el oficio, que al cabo de cuatro años que lo usé, con poner en la ganancia buen recaudo, ahorré para vestirme muy honradamente de la ropa vieja, de la cual compré un jubón de fustán viejo, y un sayo raído de manga trenzada y puerta,[186] y una capa que había sido frisada,[187] y una espada de las viejas primeras de Cuéllar.[188]

Desque me vi en hábito de hombre de bien, dije a mi amo que se tomase su asno, que no quería más aquel oficio.

---

[183] La voz *pintapanderos* tenía significado despectivo: ser un cualquiera.
[184] A vender.
[185] Lázaro quiere decir que las cosas le salían *a pedir de boca.*
[186] Corte de manga que ensancha el torso y da prestancia a la figura.
[187] Escardada, para dar suavidad al tejido. Tejido de seda, cuyo pelo se frisaba formando borlillas.
[188] Famoso espadero.

TRATADO SÉPTIMO

❁

Cómo Lázaro se asentó con un alguacil, y lo que le pasó con él.

Despedido del capellán, asenté por hombre de justicia con un alguacil; mas muy poco viví con él, por parecerme oficio peligroso, mayormente, que una noche nos corrieron a mí y a mi amo a pedradas y a palos unos retraídos,[189] y a mi amo, que esperó, trataron mal, mas a mí no me alcanzaron. Con esto renegué del trato.

Y pensando en qué modo de vivir haría mi asiento, por tener descanso y ganar algo para la vejez, quiso Dios alumbrarme y ponerme en camino y manera provechosa, y con favor que tuve de amigos y señores, todos mis trabajos y fatigas hasta entonces pasados fueron pagados con alcanzar lo que procuré, que fue un oficio real,[190] viendo que no hay nadie que medre, sino los que le tienen. En el cual el día de hoy yo vivo y resido al servicio de Dios y de Vuestra Merced. Y es que tengo cargo de pregonar los vinos que en esta ciudad se venden y, en almonedas[191] y cosas perdidas, acompañar [a] los que padecen persecuciones por justicia, y declarar a voces sus delitos: pregonero, hablando en buen romance *(Ver la cuarta interpolación de la edición de Alcalá al final de este tratado).*[192]

---

189 Delincuentes que, amparándose en el fuero eclesiástico, eludían la justicia civil al refugiarse en una iglesia.

190 Empleo público.

191 Venta pública de bienes inmuebles, con licitación y puja.

192 *Hablando en buen romance:* con claridad.

Me ha sucedido también, y yo le he usado tan fácilmente, que casi todas las cosas tocantes al oficio pasan por mi mano, tanto que en toda la ciudad el que ha de echar vino a vender o algo, si Lázaro de Tormes no entiende en ello, hacen cuenta de no sacar provecho.

En este tiempo, viendo mi habilidad y buen vivir, teniendo noticia de mi persona el señor arcipreste de San Salvador, mi señor y servidor y amigo de Vuestra Merced, porque le pregonaba sus vinos, procuró casarme con una criada suya, y visto por mí que de tal persona no podía venir sino bien y favor, acordé de hacerlo, y así me casé con ella, y hasta ahora no estoy arrepentido, porque allende de ser buena hija y diligente, servicial, tengo en mi señor arcipreste todo favor y ayuda, y siempre en el año le dan, en veces, al pie de[193] una carga de trigo; por las pascuas, su carne, y cuando el par de los bodigos, las calzas viejas que deja.

Y nos hizo alquilar una casilla par de la suya. Los domingos y fiestas casi todas las comíamos en su casa, mas malas lenguas, que nunca faltaron ni faltarán, no nos dejan vivir, diciendo no sé qué, y sí sé qué, porque ven a mi mujer irle a hacer la cama, y guisarle de comer, y mejor les ayude Dios que ellos dicen la verdad, *(ver la quinta interpolación de la edición de Alcalá al final de este tratado)* porque allende de no ser ella mujer que se pague de estas burlas, mi señor me ha prometido lo que pienso [que] cumplirá, que él me habló un día muy largo delante de ella, y me dijo:

—Lázaro de Tormes, quien ha de mirar a dichos de malas lenguas nunca medrará; digo esto porque no me maravillaría que alguno murmurase, viendo entrar en mi casa a tu mujer y salir de ella. Ella entra muy a tu honra y suya, y esto te lo prometo. Por

---

[193] *Al pie de:* casi.

tanto, no mires a lo que pueden decir, sino a lo que te toca, digo, a tu provecho.

—Señor —le dije—, yo determiné de arrimarme a los buenos; verdad es que algunos de mis amigos me han dicho algo de eso, y aun por más de tres veces me han certificado que antes que conmigo [se] casase había parido tres veces, hablando con reverencia de Vuestra Merced, porque está ella delante.

Entonces mi mujer echó juramentos sobre sí, que yo pensé [que] la casa se hundía con nosotros; y después se puso a llorar y a echar mil maldiciones sobre quien conmigo la había casado, en tal manera que quisiera ser muerto antes que se me hubiera soltado aquella palabra de la boca.

Mas yo de un cabo y mi señor de otro, tanto le dijimos y otorgamos que cesó su llanto, con juramento que la hice de nunca más en mi vida mentarle nada de aquello, y que yo holgaba y había por bien de que ella entrase y saliese de noche y de día, pues estaba bien seguro de su bondad. Y así quedamos todos tres bien conformes.

Hasta el día de hoy nunca nadie nos oyó sobre el caso, antes, cuando siento que alguno me quiere decir algo de ella, le atajo y le digo:

—Mirad, si sois mi amigo, no me digáis cosa con que me pese, que no tengo por mi amigo al que me hace pesar, mayormente si me quieren meter mal con mi mujer, que es la cosa del mundo que yo más quiero, y la amo más que a mí, y me hace Dios con ella mil mercedes, y más bien [del] que yo merezco, que yo juraré sobre la hostia consagrada que es tan buena mujer como [cualquiera de las que] vive [n] dentro de las puertas de Toledo,[194] y yo me mataré con quien otra cosa me dijere.

---

[194] Comparación irónica, pues las mujeres de Toledo tenían en esa época fama de ligeras.

De esta manera no me dicen nada, y yo tengo paz en mi casa. Esto fue el mismo año que nuestro victorioso emperador en esta insigne ciudad de Toledo entró y tuvo en ella Cortes,[195] y se hicieron grandes regocijos y fiestas, como Vuestra Merced habrá oído. Pues, en este tiempo, estaba en mi prosperidad y en la cumbre de toda buena fortuna. *(Ver la sexta y última interpolación de la edición de Alcalá al final de este tratado.)*

Cuarta interpolación

...en el cual oficio un día que ahorcábamos [a] un apañador en Toledo y llevaba una buena soga de esparto, conocí y caí en la cuenta de la sentencia que aquel mi ciego amo había dicho en Escalona,* y me arrepentí del mal pago que le di por lo mucho que me enseñó, que, después de Dios, él me dio industria para llegar al estado [en] que ahora estoy.

Quinta interpolación

...aunque en este tiempo siempre he tenido alguna sospechuela y habido algunas malas cenas por esperarla algunas noches hasta las laudes y aún más, y se me ha venido a la memoria lo que mi amo el ciego me dijo en Escalona estando asido del cuerno; aunque de verdad siempre pienso que el diablo me lo trae a la memoria por hacerme malcasado, y no le aprovecha...

---

[195] Se refiere al año de 1538.

* Ver la primera interpolación, al final del Tratado primero.

Sexta interpolación

De lo que de aquí [en] adelante me sucediere, avisaré a Vuestra Merced.